LE
COLIGNI

TRAGEDIE.

NOUVELLE EDITION,

Revuë, corrigée, & augmentée considera-
blement.

Tantum Relligio potuit suadere malorum
LUCR.

à LAUSANNE & à GENEVE,

Chez MARC-MICHEL BOUSQUET
& Compagnie.

MDCCXLIV.

AVERTISSEMENT

DE

L'EDITEUR.

 Ous donnons au Public la quatrieme Edition de cette Tragédie, qui est entierement différente des précédentes. Les deux premiers Actes sont totalement changés, & le troisieme rempli de nouveaux Vers, & de nouvelles situations : Quelques personnes l'ont attribuée à Mr. DE VOLTAIRE, fondées sur la ressemblance qui se trouve entre cette Piece & la *Henriade* ; d'autres ont crû y reconnoître la plume du Marquis D'ARGENS : plusieurs enfin s'accordent pour la donner à un jeune homme, connû cependant par des Poësies d'un autre genre ; on ajoute même qu'il l'a composée comme elle a paru d'abord, à l'âge de dix-huit ans.

QUEL que foit l'Auteur, cette Tragédie a été généralement goûtée : la Verfification en eft noble & élevée, les caractères bien foutenus, & ne fe démentant point ; peut-être des amateurs du nouveau Théatre de ces Pieces à Scenes chargées & romanefques, blâmeront-ils l'intrigue de celle-ci, & l'accuferont d'une trop grande fimplicité. L'Auteur paroit avoir eu devant les yeux, ce naturel pathétique des Tragiques Grecs & Anglois. S'il a pû rendre fon Ouvrage intéreffant, il a rempli la premiere règle (*a*), il ne faut jamais s'interroger fur la caufe du plaifir qu'on reffent à la lecture ou à la repréfentation d'une Piece ; pourvû qu'elle ait le don de plaire, on ne doit pas exiger davantage ; celle-ci a toujours beaucoup plu malgré les imperfections dont elle étoit défigurée. En voila affez pour fa deffenfe ou pour fon éloge.

(*a*) Elle a été joüée avec beaucoup d'aplaudiffemens, fur des Théatres particuliers en France & dans les Païs étrangers, elle eft traduite en Anglois.

D I S-

DISCOURS

PRELIMINAIRE.

CEUX qui aiment la vérité, la trouveront dans cet Ouvrage. La journée de
la St. *Barthelemi* feroit honte à nos
François s'ils ne la defaprouvoient eux-
mèmes : On fait qu'elle eft en horreur parmi eux,
comme le font aujourd'hui les *Vêpres Siciliennes*
chez les Efpagnols. Les Anglois, une des Na-
tions les plus fenfées de l'Europe, blâment la
conduite de leurs Peres à l'égard de CHARLES I.
les Proteftans ont été les premiers à détefter ces
miférables Fanatiques nommés *Camifards* (b).
Les meilleurs Catholiques, en honorant S. PIERRE
& les autres Pontifes auffi refpectables, abhor-
rent LEON X. & ALEXANDRE VI. Il y a
A 3   une

(*b*) Les troubles des *Cévennes* doivent être mis à
côté de la St. *Barthelemi* pour les horribles excès où
fe livrerent ces *Camifards*, qu'on peut nommer avec
raifon des *enragés*. Des Prêtres refpectables par leur
vieilleffe & encore plus par leurs mœurs, furent les principaux objets de la fureur de cette canaille, qui ref-
fembloit affez aux *Vaudois* ou aux *Albigeois*.

une efpèce d'imbécillité à vouloir excufer les fautes de fes Ayeux ; il fe trouve des fuperftitions de tout genre ; la plus honteufe de toutes eft ce refpect mal entendu pour les fiecles précédens ; ce préjugé groffier & cependant fi ordinaire arrête fouvent les progrès de la raifon. Pourquoi devoir à autrui un bien que nous trouvons chez nous-mêmes ? nous avons tous la même faculté de penfer, ce n'eft que les divers abus qu'on en fait qui rendent un homme fi différent d'un autre homme.

O N a le malheur de confondre fouvent le Fanatifme avec la Religion : Un Chrètien eft un homme plus raifonnable que les autres ; la Raifon & la vraye Religion ne fe féparent jamais.

O N n'a qu'à parcourir les Mémoires de l'E-TOILE, la grande Hiftoire de MEZERAI, l'Illuf-tre Préfident de THOU le *Tite Live* de la France, cet Hiftorien fi fage & fi éclairé ; on y lira le détail de la St. *Barthelemi*, on pourra juger, par tant d'exemples, que tous les Hommes font également méchans lorfqu'ils font frappés de ce préjugé impofant qu'ils nomment Religion, & qui cependant lui eft fi oppofé.

I L eft néceffaire de donner une légere idée fur la St. *Barthelemi*, pour remettre fous les yeux des Lecteurs, des traits qui auroient pu leur échaper, & dont la connoiffance eft néceffaire à l'intelligence de la Piece.

M E D I C I S depuis long-tems méditoit de porter ce coup au Parti Calvinifte ; il étoit néceffaire qu'on empruntât les voiles de la Religion & de la perfidie, pour accabler avec plus d'affurance un Parti qui s'aggrandiffoit tous les jours ; on n'eut

pas

pas de peine à faire goûter ce complot à une Cour compoſée d'imbéciles, de ſuperſtitieux, de mécontens, & d'eſprits amoureux des nouveautés ; les uns étoient des Fanatiques que le zèle de la Religion rendoit barbares de ſang froid ; les autres moins groſſiers & plus coupables, ſe ſervoient de ces eſpèces de pieuſes machines, pour travailler aveuglément à leurs propres intérèts : c'eſt ainſi que le peuple a eté de tout tems le martyr de ſes Maîtres ou de ſa crédulité.

LES GUISES haïſſoient les CONDE's & les COLIGNI, plûtôt à cauſe de leur haute réputation, que par rapport au titre de Protecteurs de l'Héréſie : ſi COLIGNI eut été Catholique, ils euſſent été les plus zélés ſoutiens des Proteſtans.

CHARLES IX. eût peine à donner ſon conſentement pour une ſi horrible exécution, mais ce Prince n'avoit pas aſſez de force pour oſer être vertueux, dans une Cour empoiſonnée des maximes de *Machiavel*. La foibleſſe eſt preſque toujours crime pour un Roi. CHARLES IX. cependant malgré ſa docilité pour ſa Mere, a paſſé pour le Prince le plus emporté de ſon tems ; il tomboit dans des eſpèces de fureurs convulſives. Quelques-uns ont ſoupçonné que la maladie dont il mourut fût occaſionnée par le poiſon ; ce fait n'eſt pas averé.

GASPARD de COLIGNI Amiral de France, avoit ſuccedé dans ſon parti au Prince de CONDE' ſon Oncle, tué à la bataille de *Jarnac* par MONTESQUIOU ; c'étoit un honnète homme, auquel il ne manquoit que d'être Catholique : jamais Chef ne ſut mettre mieux à profit le malheur ; s'il ne remporta pas d'éclattantes victoires,

il

il fit beaucoup d'honorables retraites , ce qui diftingue le grand Capitaine prefque autant que le fuccès. Les Noces d'HENRI IV. & de MARGUERITE DE VALOIS l'attirerent à la Cour, raffuré par le prétexte d'une paix générale, que MEDICIS feignoit de vouloir leur donner. Il étoit attaché à fon Roi, malgré la différence de Religion, & faifoit voir qu'on peut fervir à la fois fon Dieu & fon Maitre : toute fa prudence ne pût lui faire écouter des foupçons qu'un accident (*c*) qui lui étoit arrivé quelques jours avant, devoit juftifier ; ce fut la premiere victime qu'on facrifia à *Médicis* ; fes Affaffins le trouverent qui lifoit JOB, il ne parut point épouvanté à leur vué, il attendit la mort & la reçut avec cette tranquillité d'ame, qui fait le caractère du Héros & du Chrètien ; fon corps fût jetté par les fenètres : le Duc de GUISE furnommé le *Balafré*, & qui n'eut que de grands vices, & des talens qu'on nommoit Vertus, eut la cruauté de fouler aux pieds le cadavre de *Coligni* ; il lui effuya même avec fon mouchoir fon vifage tout couvert de fang, pour le reconnoitre, & pour jouïr (fi on ofe le dire) de l'affreux plaifir de la vengeance. La tète de *l'Amiral* fût portée à *Médicis*, qui, fuivant quelques Hiftoriens, l'envoya toute embaumée au Pape, comme un préfent de fa colére & de fa haine ; on pendit le corps de COLIGNI par les pieds au gibet de *Montfaucon* ; CHARLES IX. avec toute fa Cour alla raffafier fa fureur de ce fpectacle ; les biens
du

(*c*) *Coligni* allant au Louvre pour voir le Roi, fut bleffé d'un coup d'arquebufe en paffant par un des appartemens &c.

du mort furent confifqués au profit du Roi, fa mémoire déclarée odieufe. Il y a quelques années qu'en creufant les fondemens d'une Chapelle à *Chantilli*, on trouva un cercueil qui renfermoit fon corps, il étoit entourré de bandelettes aux jambes & aux bras (*d*).

LE Comte de TELIGNI fon Gendre, fe fauva tout nud en chemife dans les bras de fon Beau-pere, & y fut maffacré fur le champ par les affaffins; ce jeune homme étoit cher au Parti, & même aux Catholiques qui favoient refpecter la vertu jufques dans leurs ennemis.

MARSILLAC Comte de la ROCHEFOUCAULT étoit un des Courtifans qui poffedoit davantage la faveur du Roi : Il avoit paffé une partie de la nuit à jouer aux dez avec ce Prince, qui voulut en vain le retenir; ce Roi dont la foibleffe étoit le premier vice, laiffa courrir *Marfillac* au devant de la mort, penfant que le Ciel avoit réfolu fa perte.

LE Marechal de TAVANNE, honnète homme d'ailleurs s'il n'eut pas été aveuglé par fon ignorance, commandoit tous ces meurtres dans la volonté d'obéir à Dieu; on fe fervoit de fa docile fureur comme d'un inftrument propre à

A 5 châtier

(*d*) La haine pour le nom de *Coligni* s'eft étendue fi loin, que des Religieufes d'une Ville de Languedoc ayant trouvé depuis peu un tombeau où étoit enfeveli *Dandelot*, frere de *Coligni*, l'en tirerent elles-mêmes avec une fainte fureur, lui donnerent force coups de couteaux à la follicitation d'un Directeur, & le jetterent enfuite dans un grand feu qu'elles avoient allumé exprès pour confommer un fi pieux facrifice. Ce fait prouve dequoi eft capable l'imbécillité & l'ivreffe du Fanatifme.

châtier les Huguenots. Il étoit à la tête d'une troupe de meurtriers qui portoient sur leurs chapeaux une Croix blanche, & le Maréchal de *Tavanne* crioit de toutes ses forces : *Saignés, saignés, la saignée est aussi bonne au mois d'Août qu'au mois de May.*

ALBERT DE GONDI Maréchal de France étoit un des Favoris de *Médicis*, aussi bien que MOSCOÜET Gentil-Homme Breton, & le *Vidame* de *Chartres;* cette Princesse mettoit l'amour au rang de ses passions (*e*).

NEVERS FREDERIC DE GONZAGUE de la Maison de *Mantoüe*, & l'un des principaux Auteurs de la St. *Barthelemi*, le fils du Baron DESADRETS BUSSI D'AMBOISE, qui tua son propre Cousin RENEL BEME attaché à la Maison de *Guise*, voila quels étoient les prémiers assassins.

SEPT ou huit cent Protestans s'étoient réfugiés dans les prisons; les Capitaines destinés pour l'exécution se les faisoient amener sur une planche, près de la vallée de *Misere*, où ils les assomoient à coups de maillets. Un tireur d'or en tua pour sa part quatre cent de sa propre main; ces Fanatiques dénaturés, qui n'étoient pas même des hommes, & qui se disoient Catholiques, se regardoient comme autant de vengeurs du Ciel.

QUI eût demandé à cette troupe d'Assassins pourquoi ils égorgeoient ainsi leurs propres freres,
ils

(*e*),, Elle ne marchoit, dit *Monstrelet*, qu'accompagnée ,, des plus belles femmes de la Cour, qui tenoient ,, en caisse un long cortege de Courtisans, & falloit-il ,, que le bel marchât toujours ". Ce sont les propres paroles de cet Auteur.

ils euffent répondu tranquillement qu'ils ne pouvoient faire de facrifice plus agréable à Dieu.

Religio peperit fcelerofa atque impia facta.

Du moins c'eft la Superftition qui ufurpe un nom fi refpectable.

Un *Aubépin* que le hazard fit fleurir le lendemain de cette affreufe journée dans le Cimetiere des *Innocents*, fut regardé comme un prodige par cette populace, & ne fervit qu'à l'affermir dans l'affurance que le Ciel approuvoit ces meurtres.

Les Pedants de l'Ecole fe mirent de la partie; on en immola plufieurs aux manes d'*Ariftote* & d'*Horace*. CHARPENTIER affaffina PIERRE LA RAME'E pour n'avoir pas voulu embraffer le *Péripatéticifme*. LAMBIN mourut d'une fievre que lui avoit caufée la feule frayeur de la mort. *Charpentier* qui s'étoit déclaré le vengeur d'*Horace*, avoit réfolu de lui facrifier ce Commentateur.

CHARLES IX. eut la cruauté de tirer fur fes propres Sujets; le Louvre, ce Palais refpectable n'étoit plus qu'une affreufe boucherie; les uns fe précipitoient dans la riviere, les autres fe jettoient du haut de leurs maifons, & furent écrafés fur le pavé, d'autres enfin s'allerent livrer eux-mêmes à leurs bourreaux; ce maffacré dura trois jours & trois nuits, la Seine en fut enfanglantée. MARSILLAC, SOUBISE, RENEL, PARDAILLAN, QUERCHI furent les plus diftingués d'entre les morts. Sans les remontrances de quelques fages Citoyens, également zélés pour la gloire de leur Roi & pour le bien de l'Etat, la moitié de la France eut péri des mains de l'autre.

CE tableau suffit pour montrer, que l'esprit de
Fanatisme entraine tôt ou tard la ruine d'une Nation : On ne sauroit trop exposer ces sortes de
peintures aux yeux des hommes ; les Catholiques
auroient tort de désaprouver cette Piece : c'est
un Ouvrage qui doit être dans les mains de tout
le monde, & dont le but est d'exciter à l'humanité, le germe des vertus, & d'inspirer s'il se
peut, de l'aversion pour le crime & pour la super-
stition (*f*).

PRESENTEMENT il faut entrer dans l'exa-
men de cette Tragédie, répondre à quelques critiques dont on a daigné l'honorer, & donner une
idée des caractères.

HAMIL-

___

(*f*) On ne doit pas omettre l'histoire d'un saint Pré-
lat, nommé *Jean Hennuier*, qui du rang de Confesseur
de HENRI II. avoit passé à l'Evêché de Lizieux. Lorsque le Lieutenant du Roi de cette Province lui annon-
ça les ordres de la Cour, ce sage Evêque répondit qu'il
s'opposeroit toujours à l'exécution d'un pareil arrêt, qu'il
étoit le Pasteur de son Peuple, & non son bourreau ;
que ces Hérétiques, tout égarés qu'ils étoient, avoient
sur son cœur les mêmes droits que les Catholiques ; il
ajouta qu'il ne permettroit jamais qu'on employât de
semblables moyens de convertir les hommes, & qu'il
avoit reçu la vie de son Dieu, pour la consacrer au bien
spirituel & même temporel de son troupeau.

Il obtint donc que les Protestans de son Diocese ne
fussent point enveloppés dans ce massacre général.
Il arriva que tous les Huguenots qui devoient la vie à
leur Pasteur furent touchés de sa générosité, & embras-
serent la Religion Catholique, persuadés que c'étoit une
Religion de douceur & de charité, puisqu'elle permettoit
à *Hennuier* de pareils sentimens, & que l'abus seul &
la politique la défiguroient, & la rendoient si haïssa-
ble.

HAMILTON Curé de St. *Cofme*, & qui dans la suite fut un des plus furieux Ligueurs, est un des Acteurs qui joue le rôle le plus frapant de cette Piece; il est aifé de s'apercevoir que ce Curé n'est autre que le fameux *Cardinal de Loraine*, Oncle du Duc de *Guife* le balaffré, qui fema les premieres étincelles de cette incendie dont toute la France pensa être confumée; cette explication justifie donc l'Auteur aux yeux de quelques perfonnes obstinées à ne point vouloir envifager dans *Hamilton*, un plus grand perfonnage, redoutable aux deux Partis, & dont l'ambition ne connoif-foit nulles bornes.

ON a tàché de repréfenter COLIGNI fous les traits d'un honnète homme, perfuadé que fa Religion étoit la meilleure : TELIGNI est dépeint comme un jeune homme fougueux & qui ne refpire que la vengeance : Ces caractères femblent fe foutenir jufqu'à la fin.

L'ANTIQUITE' ne nous oppofera jamais un fujet plus tragique que celui-ci : *l'Oedipe* de *Sophocle* qui est plein de fituations touchantes, excite moins la pitié, qu'un vieillard de quatre-vingt ans, qu'égorgent avec zèle fes Compatriotes. Un François (& il s'en trouve beaucoup) qui ne fe piquera point de litterature, verra avec indifférence les tableaux d'*Antigone* d'*Electre*; l'ignorance fouvent aveugle le cœur comme l'efprit. Tout le monde n'est pas obligé de favoir que *Créon* avoit deffendu qu'on enfevelit le corps de *Polinice*, qu'*Orefte* en tuant fa mere *Clitemneftre* vengea le meurtre d'*Agamemnon* fon pere. Perfonne en France, je dirai dans l'Univers, n'ignore que CATHERINE DE MEDICIS fit affaffiner
COLI-

COLIGNI & plus de cinquante mille personnes dans la même nuit, par la main de leurs Concitoyens ; ce n'est point dans la Grece, à *Thébes* ou à *Argos*, que s'est passée cette sanglante cataſtrophe ; c'eſt à Paris, dans le ſein d'une Ville où les Etrangers venoient déja recevoir des leçons de juſtice & d'humanité, & il n'y a pas encore deux ſiecles.

LES Partiſans des *Ariſtote*, des *Aubignac*, ces eſclaves des règles qu'ils appellent la raiſon, & que quelques Auteurs hardis nomment foibleſſe, ſe ſont déja récriés contre la témérité d'avoir fait tuer COLIGNI ſur le Théatre : ils oppoſent à ces innovations *Corneille*, *Racine* ; car voilà les mots de ralliement pour le Parti ; mais ne peut-on s'ouvrir des routes nouvelles en reſpeĉtant les anciennes ? *Horace* lui-même, la ſource des règles n'a-t-il pas dit :

Licuit, ſemperque licebit
Signatum præſente nota producere nummum.

Il vaut mieux tomber quelques fois en voulant s'élever tout ſeul, que de marcher à tâton appuyé ſur un autre.

DESCARTES aſſure que la lumiere eſt une matiere ſubtile, répandue dans tout l'Univers. Qui eût ſoutenu alors un ſentiment oppoſé eût paſſé pour un Philoſophe ſchiſmatique. NEWTON eſt venu qui a renverſé le Syſtème de *Deſcartes* ; il a triomphé à ſon tour, il a voulu que la lumiere fût un amas d'une infinité de petits rayons émanés du Soleil dans l'eſpace de ſept minutes & demi, & on l'a cru ſur ſa parole ;

il

il viendra un troiſieme Phyſicien qui détruira ces deux Syſtèmes , & en créera un *nouveau* , & tout à fait contraire aux premiers ; la raiſon fait chaque jour des progrès , & la nature n'eſt peut-être encore que dans ſon enfance.

CES exemples peuvent apuyer la hardieſſe de l'Auteur. Ne ſera-t-il deffendu qu'aux Poëtes d'innover , tandis que les Philoſophes tous les jours , retranchent , ajoutent ou inventent à leur gré ? *Sophocle, Euripide, Shakeſpéar* ſont des modèles qu'on ne doit point rougir de ſuivre. Les *Grecs* & les *Anglois* ſeroient-ils moins éclairés ſur la Tragédie que les *François.*

DONNONS un exemple de la Scene enſanglantée : *Euripide* fait tuer à *Medée* ſes enfans ſur le Théatre, n'oſeroit-on plus faire revivre cette imitation ? Un grand génie n'auroit qu'à repré-ſenter ſous des traits forts & expreſſifs l'infidéli-té de *Jaſon*, l'impuiſſance où *Medée* ſe trouve de ne pouvoir ſe venger autrement qu'en immo-lant ſes propres enfans ; ſes combats, ſes larmes, ſes cris même auprès de ſon Epoux pour le rap-peller à elle; ſes nouveaux outrages, ſa tendreſ-ſe prête à l'emporter ſur ſa vengeance, enfin ſa vengeance, par un retour rapide maîtreſſe de ſa pitié; ſes enfans égorgés dans le prémier moment de la plus vive fureur, ſon trouble, ſon déſeſ-poir ſoudain ; tout le pouvoir de l'amour mater-nel , le deſſein où elle eſt de ſe donner la mort du même poignard teint du ſang de ſes fils, la vue d'un Amant infidèle, & qui vient au même inſtant d'épouſer ſa rivale ; ſa nouvelle rage; en-fin ſon départ, après avoir laiſſé échaper au mi-lieu de ſa haine quelques tranſports d'amour pour

l'ingrat

l'ingrat *Jafon*, & des marques de douleur fur la mort de fes enfans.

Qu'on entre bien dans le caractère d'une femme qui aime, qui a été aimée, & qui fe voit enlever le cœur de fon Amant par une rivale ; qu'on fe pénétre de fa paffion, qu'on devienne pour ainfi dire *Medée* même, alors on concevra que quelque barbare qu'elle foit, elle eft encore plus à plaindre qu'à détefter ; on oubliera la maxime d'Horace

Ne coram populo pueros Medæa trucidet

Il faut avouer auffi que les cœurs des femmes fe revolteroient moins que les nôtres à la repréfentation d'un pareil fpectacle , parce que leurs ames font plus propres que celles des hommes à reffentir les grandes paffions, furtout lorfque l'amour en eft la prémiere caufe ; on pourroit d'abord être étonné, le fpectateur douteroit un inftant quelles impreffions le remueroient , mais bien-tôt la terreur & la pitié fe décideroient; & l'on s'intéfferoit pour *Medée*, de même que tous les jours on s'intéreffe pour *Phedre.*

Il eft encore de ces fituations fortes qui expriment la douleur mieux que les plus beaux Vers, & qui déplaifent à notre Nation : Le même *Euripide* dans le fecond Acte de fon *Hecube*, repréfente cette Princeffe couchée par terre, & abimée dans fa trifteffe ; les Anglois donnent à *Zaïre* une pareille fituation. *Orofmane* s'écrie , *Zaïre vous vous roulez par terre*, les Anglois font touchés aux larmes, un François riroit.

On peut mettre certaines expreffions au même
mê

me degré d'eſtime parmi nous autres. Elles of-
fenſent notre délicateſſe ; *Hecube* en parlant de
Polixene ſa fille , l'appelle *la Ville*, *la Nourrice
de ſon ame* , *le bâton*, *le guide de ſon chemin:*
πόλις, τιθήνη, βάκτρον, ἡγεμὼν ὁδοῦ.

SHAKESPEAR fait dire à *Hamlet : à peine
mon pere eſt-il dans le tombeau, que mon indigne
mere va entrer avec un autre Epoux, dans un lit
tout fumant encore de ſa chaleur.*

CE même *Shakeſpear* a introduit des ombres
ſur la Scene avec ſuccès ; tandis que l'Abbé *Nadal* n'a oſé riſquer ſur notre Théatre l'apparition
de *Samuel* , & peut-être ce foible verſificateur
a-t-il eu raiſon ; il ſentoit qu'il n'avoit point aſſez
de force & de pathetique dans la penſée & dans
l'expreſſion, pour ſoutenir une Scene auſſi mer-
veilleuſe , & qui eut demandé le pinceau d'un
Corneille.

CHAQUE objet a ſes diverſes faces , il n'eſt
qu'un pas du touchant au ridicule , du majeſ-
tueux au fanfaron ; ſi ces ſortes de Scenes ne
frappent point & ne produiſent pas leur effet
dans le moment, elles tombent au même inſtant,
& le Spectateur eſt aſſez peu clairvoyant, pour
mettre ſur le compte de la nature les ſotiſes de
l'Auteur.

ST. MICHEL qui foule aux pieds le *Diable*,
ce Tableau du fameux *Raphaël* , s'il étoit ſorti
d'une main novice, auroit excité le rire , au lieu
qu'il inſpire l'effroi & le reſpect.

DOIT-ON conclure de Mr. l'Abbé *Nadal*,
qu'il ne faut pas expoſer aux yeux, de pareilles
Scenes ? Non ſans doute ; & il eſt étonnant que
juſques ici, ſur la foi de ces Auteurs rampans,

B

les François ayent douté de leurs forces, & se
soyent jugés incapables de soutenir la vue de spec-
tacles sublimes ; c'est à des génies de leur Pays
à leur montrer, qu'ils peuvent avoir le droit d'i-
maginer & de sentir aussi fortement que les *Grecs*
& les *Anglois*.

L'ATRE'E de Mr. *De Crebillon*, selon quelques
personnes de goût, est un Chef-d'œuvre du
Théatre ; cependant il n'a jamais réussi autant
qu'il le mériteroit, la délicatesse Françoise n'a pu
se familiariser avec cette derniere Scene, si bien
exprimée, où *Atrée* présente à *Thieste* son frere,
la coupe pleine du sang de *Plisthène* ; il est à sou-
haitter pour notre Nation, qu'elle adopte le haut
Tragique, comme elle a déja embrassé les nouveaux Systèmes des NEWTON & des LEIB-
NITZ.

ON s'est étendu au long sur cette partie du
Théatre, parce qu'il s'est trouvé des Censeurs,
qui ont condamné la Scene où COLIGNI est
tué aux yeux des Spectateurs ; ils ne veulent
point examiner que cette Piece n'est pas composée
dans le goût François, & qu'on s'est attaché à
suivre les Anciens.

D'AUTRES enfin se sont fachés, que l'amour
n'ait pas joué un rôle dans cette Tragédie, ils
auroient souhaité sans doute, que les Personnages eussent épuisé une conversation de tendresse,
tandis qu'ils sont environnés d'ennemis, & qu'à
tout moment ils attendent la mort ; la terreur,
la pitié ne sont-elles pas des passions aussi fortes
que l'amour ?

LA situation de COLIGNI qui embrasse ses
Assassins, les appelle ses enfans, les presse de lui

arra-

arracher une vie qu'il eût voulu perdre pour eux dans les combats, qui leur découvre enfin son estomac tout couvert de bleffures ; tous ces traits ne produifent-ils point fur les cœurs les mêmes impreffions, qu'une femme qui reproche à fon Amant fes infidélités, ou lui fait de nouvelles affurances de tendreffe ? D'ailleurs ces refforts, pour émouvoir l'ame du Spectateur, font fi ufés, que fouvent loin de toucher, ils jettent dans les fens une langueur qui va jufqu'au dégoût & à l'ennui. Cette Scene de COLIGNI, quoique fans amour, parut fi intéreffante, que dans fa nouveauté on la nommoit *la Scene des femmes.*

L'AUTEUR de cette Piece a été obligé de tomber dans la faute, que *La Mothe* furtout a re-prochée à *Racine; Hamilton* fe découvre à *Bénte,* comme *Mathan* à *Nabal* dans ATHALIE: Mais de quel autre moyen fe fervir pour inftruire le Spectateur ; le Perfonnage fans cette confidence, ne laifferoit point échapper tous ces traits, qui établiffent fon caractère ; des Monologues devien-nent ennuyeux & infuportables, pour peu qu'ils ayent quelque étendue ; l'action ne peut pas tou-jours fuppléer au Dialogue, il faut néceffairement fe permettre ce défaut, à condition qu'on le ra-chette par des beautés qui le faffent oublier.

LE Théatre au refte s'écarte quelquefois des règles de la vraifemblance, toutes ces reconnoif-fances qui réuffiffent prefque toujours, ne font point naturelles ; ces preffentimens qu'un pere éprouve à la vue d'un fils qu'il ne connoit pas, font des préjugés que les hommes prennent en entrant au fpectacle, & dont ils fe dépouillent à la fortie ; n'importe, ces préjugés quelques

grof-

groffiers qu'ils foyent, font pour leurs cœurs des fources de plaifirs, & ils ont raifon de s'y livrer, puifqu'ils y trouvent leur compte.

CE parallèle fuffit, pour autorifer ces confidences qu'un Perfonnage fait mal à propos à un autre; fi ces Scenes font conduites avec art, on ferme les yeux fur la machine, & l'on fe contente de fentir les heureux effets qu'elle produit.

IL feroit inutile de répondre à des critiques méprifables, qui font plûtôt des Libelles diffamatoires, que des ouvrages propres à éclairer un Auteur fur fes fautes. Quiconque entre dans la carriere des Lettres, doit s'attendre à effuyer toutes fortes de calomnies, & regarder d'un œil de Philofophe, ces infectes de la Litterature, qui ne piquent que foiblement, lorfqu'on fait les méprifer. Faut-il que la raifon, le plus beau partage de l'homme, ne s'employe fouvent qu'à fon deshonneur? Les Gens de Lettres feront-ils toujours ennemis les uns des autres? n'aprendrons-nous jamais à encourager, à chérir dans autrui, des talens que nous cultivons? Doit-on préférer le titre d'homme d'efprit à celui d'honnête homme, quand il eft fi facile de les accorder tous deux?

IL s'eft encore répandu dans le monde une groffiere opinion, qui ne peut naitre que d'un défaut de raifon ou de probité : Depuis combien de tems renouvelle-t-on contre les Auteurs, l'accufation d'impiété? Un Lecteur malin prétend découvrir dans un Ouvrage, le caractère & la façon de penfer de celui qui l'a compofé; là-deffus il fixe fon jugement, & condamne ou approuve les mœurs de cet homme, qui fans doute aura

cent

cent caractères différens, si l'on veut lui prêter tous ceux des personnages qu'il aura imaginés.

Mr. DE CREBILLON dans sa Préface d'*Electre*, se plaint qu'*Atrée* avoit fait écrire, qu'il étoit inhumain & furieux, & il n'y a personne de plus doux dans la Societé, de plus humain.

RACINE étoit donc un homme sans Religion, parce qu'il a fait parler un Prêtre apostat. Par conséquent l'Auteur du COLIGNI sera damné sans miséricorde, commè un mauvais Catholique, pour avoir dépeint *Hamilton* sous des traits véritables. Les hommes ne rougiront-ils jamais d'être si injustes? mais ils ne s'aperçoivent pas eux-mêmes de leur méchanceté; le moyen qu'ils s'en corrigent!

ON n'entreprendra pas enfin de prouver, que cette Tragédie est sûre de plaire, puisqu'elle est intéressante, on ne comptera point ici les suffrages ni les critiques qui se sont élevés à son sujet; l'Auteur est bien persuadé, malgré les éloges qu'il a reçus, que ses Censeurs sont plus sincères que ses Panegiristes : Les louanges ne serviront qu'à l'encourager, & il prendra les critiques sur le pié de leçons utiles, qu'il aimera toujours à recevoir; il n'a fait dans sa Piece que la peinture de la vérité : Il s'est attaché à démontrer sous les yeux, que le *Fanatisme* est également éloigné de la *Religion* & de la *Nature*; s'il n'a pas rempli son sujet, qu'on se souvienne de ce Vers de la Traduction de Mr. POPE par Mr. l'Abbé du *Rénel*

Tant l'Esprit est borné, tant l'Art est étendu &c.

& bien-tôt il trouvera de l'indulgence, dans les Lecteurs qui lui refuseront leurs suffrages.

B 3 A C.

ACTEURS.

COLIGNI Amiral de France.

HAMILTON Curé de St. Cosme.

TELIGNI Gendre de COLIGNI.

MARSILLAC.

LAVARDIN.

PARDAILLAN,

RENEL.

QUERCHI.

BEME attaché à la Maison de GUISE, &
    Confident D'HAMILTON.

TAVANNE,

BUSSI.

NEVERS.

GONDI.

DESADRETS.

I. Troupe de Conjurés.

II. Troupe de Conjurés.

Protestans.

Gardes.

La Scene est au Leuvre à Paris.

COLI.

COLIGNI
TRAGEDIE.

ACTE PREMIER.

SCENE I.

HAMILTON.

O Nuit, trop lente nuit, permets que la vengeance
T'adreſſe ici ſes vœux & ſon impatience :
Hâte-toi, de ces murs chaſſe un jour odieux
Dont les foibles rayons bleſſent encor mes yeux.
D'un Peuple d'ennemis ne ſois point la complice,
Ceſſe de retarder l'inſtant de ſon ſupplice ;
Que ma fureur épuiſe un ſang qu'elle a proſcrit,
Ou ſois pour ma paupiere une éternelle nuit.
    Enfin c'eſt aujourd'hui que mon ſort ſe décide...
Au faîte des Grandeurs ce prémier pas me guide,
Ou, ſervant Coligni, va moi ſeul me livrer
Au piege que mes mains ont ſu lui préparer.
Aurois-je en vain tiſſu la trâme de ſa perte ?....
Non ; ſes jours ſont comptés, & ſa Tombe eſt ouverte,

Ma bouche l'a dépeint fous les traits criminels
D'un nouveau Deftructeur (a) du Trône & des Autels ;
Je l'ai montré l'apui , le vengeur de fa Secte ,
Tous les jours nous jurant une amitié fufpecte ;
J'ai fait voir fes vertus aux yeux de Médicis
Comme un art dangereux de gagner les efprits,
,, Des Condés, ai-je dit, il a toute l'audace,
,, Peut-être qu'en fecret il brigue votre place :
,, Qui fait fi dans fa fourbe , habile à vous tromper,
,, Il ne vous tend le bras que pour mieux vous frapper ?
,, Sur votre fils, fur vous. . . . mais à regret j'écoute
,, Des craintes que le tems condamnera fans doute ;
,, L'amour de mes devoirs me rend trop défiant,
,, On doit peu s'affurer fur un preffentiment.
   Diffimulant ainfi l'intérêt qui me guide,
Je femois les foupçons dans cette ume timide ;
Mais pour m'en referver les plus précieux fruits,
   D'un dernier coup, enfin, j'ai frappé fes efprits,
,, Le Ciel, ai-je ajouté, qui fe laffe & s'irrite,
,, Attendra-t-il long-tems qu'une race profcrite,
,, Que malgré fes decrets vous femblés proteger ,
,, Echappée au trépas, vive pour l'outrager ?
,, Craignez, Reine, tremblez que ce Dieu fur vous-même
,, Ne faffe retomber le poids de l'anathème,
,, Et pour mieux vous punir n'amaffe tous fes traits ;
,, Il exige, il eft vrai, le fang de vos Sujets,
,, Mais c'eft un fang impur, vous devez le répandre.
   Médicis s'eft troublée , elle a cru même entendre
L'ordre d'un Dieu vengeur qui tonnant par ma voix,
Venoit, le glaive en main, lui prefcrire fes Loix.
J'ai faifi ce moment d'erreur & de foibleffe,
Pour perdre un ennemi dont l'afpect feul me bleffe ;
D'un trouble précieux, enfin, j'ai profité,
Elle a figné l'arrêt que ma bouche a dicté.
   La crainte, l'intérêt, un fanatique zèle,
Aveugles inftrumens, fervent tous ma querelle.
Médicis, penfe donc qu'un faint emportement,
Me fait des Novateurs preffer le châtiment ;

                                             Sur

(a) COLIGNI avoit remplacé le Prince de CONDÉ
dans le Parti Proteftant.

Sur moi fe repofant du foin de l'entreprife,
Elle feint de venger & l'Etat & l'Eglife ;
Mais moi, qui de fon cœur fus toujours arracher
Les fecrets mouvemens qu'elle y voudroit cacher,
Je n'y vois que l'ardeur de fe venger foi-même,
D'abaiffer un Rival jaloux du rang fuprême,
Qui, s'il ne fuccomboit, l'entraineroit un jour.
    Dans fes déguifemens je l'imite à mon tour;
Que ma haine, à fes yeux, du Ciel femble guidée;
Laiffons la s'endormir dans cette heureufe idée :
Du feu de l'encenfoir allumons les flambeaux,
Qui, par nous préparés dans la nuit des complots,
Et brulants aujourd'hui de flammes immortelles,
Vont, d'un embrafement femer les étincelles ;
Puiffe-t-il extirper cet orgueilleux Parti,
Cet Hidre fi puiffant, qui loin d'être affoibli
Des pertes de ce fang dont il fouilla la France,
Reprenoit fous nos coups la vie & la vengeance.
    Pourfuivons à couvrir de ce mafque facré,
Les bleffures d'un cœur par l'envie ulceré;
J'intéreffe le Ciel, Médicis, la Patrie,
Quand je fuis le Dieu feul, au quel on facrifie;
La victime à mes coups ne fauroit échapper,
L'autel, le fer eft prêt, & mon bras va frapper.....
    Près de moi, qu'en ces lieux Bême tarde à fe rendre !..
Qui peut?.... Mais le voici.

SCENE II.

HAMILTON, BEME.

HAMILTON.

Parle, ami, dois-je attendre
Que j'aurai des Vengeurs, dociles à mon gré?

BEME.

Tous fauront obéir, & d'un bras affuré,
Servant Rome, Paris, Médicis, & vous-même,

Frap-

Frapper, combattre, vaincre, ou mourir avec l'iéme.
Les uns que du bandeau de la Religion,
Ont couverts l'ignorance & la soumission,
Ces ames, saintement aux Prêtres asservies,
Prodigueront pour vous leur fortune & leurs vies ;

   Ces autres dont le meurtre est l'unique trafic,
Assassins par état, qu'achête le public,
Avares d'un sang vil qu'ils vendent à l'enchere,
A prix d'or m'ont livré leur fureur mercenaire ;
J'ai su vous acquerir & leurs cœurs & leurs bras,
Leur prêtant des transports qu'ils ne ressentoient pas ;
L'intérêt m'a soumis, ce que la foi, le zéle,
A leurs impressions ont pu trouver rebelle.

   Par ces divers liens, par ces puissants ressorts,
De membres desunis je n'ai formé qu'un corps,
Qui plein de ce courroux dont l'ardeur vous emflamme,
Pour servir vos desseins semble avoir pris votre ame,
Gondi, Nevers, Bussi, Tavanne, Desadréts,
Enivrés par devoir de l'amour des forfaits,
A grands cris, leur nommant le Ciel & la Patrie,
Les premiers, à leur tête, excitent leur furie ;
Et vous les allez voir. . . . mais ce courage altier,
Ce front audacieux. . . . .

HAMILTON.

      Connois - moi tout entier :
Soumis au préjugé, l'imbécile vulgaire
Repousse le flambeau dont la raison l'éclaire ;
Toujours de l'ignorance épaississant la nuit,
Par de fausses lueurs il est toujours séduit ;
Ne connoissant de Dieu que l'usage, & ses Prêtres,
Il suit l'étroit chemin frayé par ses ancêtres ;
De ses foibles ayeux servile imitateur,
Catholique idolatre, aveugle adorateur ;
Courbé sous notre joug, rampant dans la poussiere,
Il n'ose s'élever jusques au sanctuaire ;
Pour lui tout est mystère, il craint de pénétrer
Des secrets que nous seuls avons droit d'éclairer ;
Esclave qu'asservit notre main souveraine
Il pense qu'avec nous, le Ciel forma sa chaine ;

Quo

Que fuyant les grandeurs, à l'ombre des autels
Nous vivons féparés du refte des mortels ;
Que nés pour la priere, & couverts d'un cilice
Nous confumons nos jours dans ce vil exercice:
Que le Ciel fe fermant, s'ouvrant à no're voix,
Lui fait grace ou juftice au gré de notre choix ;
D'une main complaifante, & d'une ame ingénuë,
Biffant le voile épais qu'on jette fur leur vuë,
Dans ce fommeil d'erreur fe retenant plongés,
Ils fe chargent de fers qu'eux-mêmes ils ont forgés.
Toujours prêts à nous croire, avides de merveilles ;
Nous fafcinons leurs yeux, nous charmons leurs oreilles ;
Par de fteriles vœux, par des prodiges vains,
Nous fubjuguons leurs cœurs, nous réglons leurs deftins:
Tout ce qui les furprend ils l'appellent miracle,
Tout ce que nous dictons ils le nomment oracle ;
Cachant à leurs regards les traits que nous lançons,
Nous fommes innocents quand nous le paroiffons:
Du foupçon même exempts, ce peuple né crédule
Dès que nous ordonnons, obéit fans fcrupule ;
C'eft un corps qui foumis à nos impreffions,
Reçoit avidement nos goûts, nos paffions ;
Paîtrie à notre gré, cette matiere vile,
Ce limon fous nos mains prend d'une ame docile,
D'un feul mot arrêtant ou mouvant fes refforts,
Nous pouvons retenir ou hâter fes tranfports,
Et confervant toujours un'heureux defpotifme,
Y tranfmettre à propos l'efprit du Fanatifme.
    D'un fexe encor plus foible, idoles qu'il chérit,
Nous gagnons à la fois fon cœur & fon efprit ;
Haïs, mais craints des Grands, & toujours redoutables,
Amis intéreffés, ennemis implacables,
Elevant jufqu'aux Cieux ceux que nous protégeons,
Plongeant dans les enfers ceux dont nous nous vengeons ;
Chefs fans camp, Rois fans trône, & Dieux de tous
        les hommes,
En tous lieux, en tout tems, voilà ce que nous fommes.
    Sachons donc profiter de cet heureux pouvoir,
Faifons briller tous deux le glaive & l'encenfoir.
    Faut-il qu'un feul inftant Coligni vive encore ?
Ce n'eft point fon erreur, c'eft lui feul que j'abhorre ;

Mon

Mon œil jaloux, furprit, dans cet altier rival,
Des talens, dont l'emploi m'eut été trop fatal :
Je hais ce fang, ce nom aux Guifes formidable ;
Voila tous les forfaits qui le rendent coupable :
Voila pour quel fujet j'ai dû le condamner ;
Il eft à craindre, enfin, comment lui pardonner ?

B E M E.

Vous ne le craindrez plus, fa perte eft affurée,
Au couteau qui l'attend la victime eft livrée ;
Cette nuit va bien-tôt combler tous vos fouhaits,
Mais du pied des autels faifant partir vos traits,
Contens de recueillir le fruit du parricide,
Laiffez à notre bras immoler ce perfide . . . .

H A M I L T O N.

Non, mon cœur veut goûter le crime tout entier,
Ce meurtre eft un plaifir que je dois t'envier,
Qu'il me foit réfervé.

B E M E.

                    Mais que dira la France
De voir un Prêtre armé du fer de la vengeance ?

•H A M I L T O N.

Loin de me condamner, fa voix m'aplaudira (*b*)
Entre fes nouveaux Saints elle me placera,
L'encens en mon honneur fumera dans fes Temples
Mes forfaits confacrés lui ferviront d'exemples ;
Eh ! ne connois-tu pas les droits & les fureurs,
Que la Religion permet à fes vengeurs ?
Car de ce nom facré je prétexte ma caufe,

                                        Jo

(*b*) *L'efprit de Fanatifme s'etend fi loin que dans la
fuite on mit au rang des Saints* Jaques Clément, *affaffin
de* HENRI III.

Je fais tout ce qu'il peut, & combien il impofe;
Qu'étouffant, détruifant tout fentiment humain,
Du cœur le plus fenfible, il fait un cœur d'airain;
Transforme l'homme même en un monftre farouche,
Qu'hors fes noires fureurs rien n'émeut & ne touche;
Laiffons donc éclatter un zèle impetueux,
Déchainons, elançons ces tigres furieux
Dont les rugiffemens nous demandent leur proye,
Et dans des flots de fang que leur rage fe noye;
N'attendons pas, ami, que fes prémiers tranfports
Soyent refroidis, éteints par de laches remords :
Enfans de l'habitude, ou plûtôt de la crainte,
Et qui d'un foible cœur à nos yeux font l'empreinte,
Saififfons des inftans fi chers à mon courroux,
On ne vient point encor.... je crains....

BEME.

Que craignez-vous ?
Je vous l'ai déja dit, dès que la nuit plus fombre,
Qui bien-tôt en ces lieux va répandre fon ombre,
Aura vu s'éclipfer ces rayons expirants,
Vous verrez accourir les flots impatients,
D'un peuple de vengeurs qu'affemble un même zèle.
Mais écouterez-vous l'ami le plus fidèle ?
Car vous ne doutez pas que je vous fois lié
Par des nœuds éternels qu'a ferrés l'amitié;
Né, nourri fous vos yeux, dès ma plus tendre enfance,
Je vous fus dévoué par la reconnoiffance :
Oui, je n'ai d'autre Dieu que le feul Hamilton,
Souffrez qu'en votre fein je dépofe un foupçon,
Penfez vous échapper aux regards de la Reine,
Si fes yeux vont s'ouvrir votre perte eft certaine....

HAMILTON.

Je faurai les fermer; élevé dans la Cour,
A travers cette nuit je diftingue le jour;
Au milieu des périls j'appris long-tems à vivre,
Long-tems j'ai parcouru les détours qu'il faut fuivre;
Cette mer à la vue offre un calme trompeur,

On

On ne peut y voguer qu'au gré de la faveur,
Souvent le moindre souffle en ride la surface,
Le bonheur trop rapide entraine à la difgrace;
Le caprice du Peuple & la haine des Grands,
Sans cesse de l'envie y déchainent les vents:
J'ai fu, Pilote adroit, échappé des naufrages,
Ceder, ou faire tête à différents orages;
Et m'assurant un port contre tant de rivaux,
Détruire fourdement ou former des complots.

   Cet art ne fuffit point, ma politique habile,
Chaque jour étudie un art bien plus utile;
La fcience du cœur, j'en fonde les replis,
Dans ce livre profond fans cesse je relis.

   Je connois Médicis, Epouse impérieuse,
Mére dénaturée & Reine ambitieuse (c)
Egalant en un mot les plus fameux Héros,
Si fon cœur fe montrant criminel à propos
Selon le tems, favoit fe découvrir & feindre;
Mais elle est femme, ami, ce trait doit te dépeindre
Les foiblesses d'un fexe, inhabile à régner,
Et qui ne fût jamais fervir ni gouverner.

  Trop foible pour porter le poids du diadême,
Trainant fes jours obfcurs dans l'oubli de foi-même,
Et docile inftrument qu'elle employe au forfait
Toujours enfant, fon fils est fon prémier fujet.

   Je ne te parle point d'un vil ramas d'efclaves,
Se difputant l'honneur de porter des entraves;
De ces indignes Grands, qui, Plébeiens des Cours,
De l'ame de leur Roi font animés toujours.

   Veux-tu qu'à tes regards, ouvrant mon ame entiere,
Je lève ce bandeau qui me cache au vulgaire:
Tu connois des humains les fuperftitions,
Ces préjugés puiffants dont nous nous apuyons;
Tu fais que de tout tems Paris fléchit fous Rome,

   C'est là que ces Chrétiens déifiant un homme,
Couchés dans la pouffiere attendent fes arrêts,

                   Es

(c) *Quelques Auteurs prétendent que* Médicis *fit em-*
poifonner CHARLES IX., *& qu'elle dit au* Duc d'An-
jou, *depuis* HENRI III., *qui partoit pour être Roi de*
Pologne: Allez, mon fils, vous n'y ferez pas long-tems.

Et penfent d'un Dieu même entendre les decrets:
Par lui, le Ciel ftérile, ou fécond en miracles,
Paroit ou refufer ou rendre fes oracles;
Son Trône eft un autel, fes armes l'encenfoir,
Des vœux feuls fes combats, la fourbe fon pouvoir;
D'un feul mot il éteint ou rallume fa foudre,
Jouït du droit facré de punir & d'abfoudre;
Et plus que les Céfars étendant fes grandeurs,
Un Pontife affervit les efprits & les cœurs.
     Quelle couronne égale un triple diadême,
Dont la Religion ceint le front elle-même!
Bême, que cet éclat me paroit enchanteur!
L'orgueil de fon poifon vient enivrer mon cœur;
Voi donc tous les tranfports où mon ame s'égare,
Je dévore en fecret l'honneur de la thiare.
     Voila l'unique place où tendent mes fouhaits,
La grandeur n'a pour moi que d'impuiffants attraits,
Si le fort m'arrêtant dans ma vafte carriere,
De ce Trône facré me ferme la barriere.

B E M E.

A ce fuprême rang qui peut vous élever?

H A M I L T O N.

Médicis. C'eft un prix qu'elle doit réferver
A trente ans de travaux, de fervices, de brigues,
Dont mon heureufe adreffe apuya fes intrigues:
Il me faut aujourd'hui fléchir & demander,
Mais à mon tour un jour je pourrai commander,

Le Théatre s'obfcurcit.

     Déja l'obfcurité dans ces murs nous devance,
Sur les pas de la nuit la victoire s'avance,
Que ma vengeance encor l'accufe de lenteur!
Ce tems ne vole point au gré de ma fureur;
Par un nouveau fignal (*d*) hâtons le facrifice,

Préci.

_____

(*d*) *On fit hâter d'une demi-heure la cloche du Palais
par celle de St. Germain de l'Auxerrois.*

Précipitons l'inftant marqué pour ce fupplice ;
Qui.... mais j'entends du bruit.... fonge à diffimuler
Les fecrets qu'Hamilton vient de te révéler ;
Bême imite ma feinte, & changeant de langage,
Montrons-nous s'il fe peut fous un autre vifage ;
Ces ombres, l'appareil que je dois déployer,
Un ferment folemnel dont les nœuds vont lier
Des mortels pleins déja de l'ivreffe du crime,
Tout leur infpirera le courroux qui m'anime,...;
Ils marchent vers ces lieux......

S C E N E   I I I.

HAMILTON, BEME, NEVERS, GONDI, BUSSI, TAVANNE, DES-ADRETS, LES CONJURE'S.

HAMILTON.

O dignes Citoyens,
Vous, qui feuls mérités le nom de vrais Chrétiens ;
Des vengeances d'un Dieu, Miniftres refpectables,
D'obéir à fon gré vous fentez-vous capables ?
Fermes dans vos deffeins faurez-vous triompher,
Des remords que le Ciel ordonne d'étouffer ?
Promettez-vous enfin de venger fon injure,
D'écouter le devoir, de dompter la nature,
D'être tout à ce Dieu qui par un heureux choix,
Verfe en vous fes fureurs & vous dicte fes loix.

N E V E R S.

Nous brulons d'obéir, parlez, que faut-il faire ?

H A M I L T O N.

Répandre un fang fcellé du fceau de fa colère,
En abreuver vos cœurs, percer des ennemis

Ivres

Ivres d'un fol orgueil, dans le crime endormis,
Enfoncer sans frémir dans le sein de ces Traitres,
Des poignards consacrés par la main de vos Prêtres ;
Fussent vos bienfaiteurs, vos amis, vos parens,
Je dirai plus encor, vos peres, vos enfans,
Levés le bras, frappés, point de remords de grace ;
Faites des Reprouvés disparoitre la race ;
L'Ange exterminateur volera devant vous,
Aiguisera les traits émoussés sous vos coups ;
Et dans vous, ranimant ces desirs magnanimes
De combattre, de vaincre & de punir les crimes,
Armé du fer vengeur, lui-même il frappera
Le sein de l'ennemi qui vous échappera.

Etouffez donc les cris d'une pitié vulgaire,
Songez que vous n'avéz d'ami, de fils, de pere,
Que ce Dieu tout-puissant qui vous créa pour lui,
Qui par ma bouche enfin vous commande aujourd'hui ;
Craignez de l'outrager par de lâches foiblesses ;
S'il ne peut vous toucher par de saintes promesses,
Que vous ne sentiez point le prix de ses bienfaits,
Du moins de son courroux redoutez les effets :
A meriter ses dons s'il ne peut vous contraindre,
Si vous ne l'aimez point apprenez à le craindre ;
Apprenez que Saül, pour avoir balancé (*a*)
D'exécuter l'arrêt par ce Dieu prononcé,
Pour avoir un moment manqué d'obéïssance,
Par d'affreux châtimens signala sa vengeance.
Que dès qu'on l'interroge on devient criminel.

BUSSI *aux Conjurés.*

Amis ; je crois entendre un nouveau Samuel.

DESADRETS.

Disposez de nos bras, disposez de notre ame,
Que la Religion nous guide, nous enflamme,

C   Nous

(*a*) *La malédiction dont Dieu, par la bouche de* SA-
MUEL *accabla* SAÜL, *pour avoir épargné* AGAG *Roi
des Amalécites.*

Nous attendons de vous ces glaives affaſſins,
Inſtruments de la mort, qu'ont dû bénir vos mains.

TAVANNE *tout troublé.*

Pardonnez, de mes ſens la foibleſſe s'empare,
Daignez me raſſurer, me rendre aſſez barbare
Pour ne point écouter de ſecrets mouvemens,
Du préjugé ſans doute imbécilles enfans ;
Une touchante voix au fond du cœur me crie,
,, Arrête, malheureux . . . . quelle aveugle furie
,, Précipite tes pas au devant des forfaits,
,, Te rend l'exécuteur des plus affreux decrets ?
,, Crois tu ſervir le Ciel en égorgeant tes freres,
,, Qu'il reçoive tes vœux, tes horribles prieres,
,, Qu'il exige le ſang de tes Concitoyens ?
,, Connois mieux les devoirs, le Dieu des vrais Chrétiens,
,, Vois ſes propres enfants dans ces triſtes victimes . . .
,, Non, il n'eſt point de Dieu qui commande les crimes . . .
Tel eſt mon deſeſpoir, mon trouble, mes combats,
Mélange de tranſports que je ne conçois pas ;
Il ſemble que deux Dieux tour à tour me maitriſent,
Dans mon cœur, tour à tour, renaiſſent, ſe détruiſent . .
Déterminez mon ame, arrachez moi ce cœur,
Qui frémit d'embraſſer une juſte fureur ;
Demandez à ce Dieu que j'offenſe peut-être,
Que de mes ſentimens il ſe rende le maître ;
Que faire . . . . ô Ciel . . . . .

HAMILTON. *Le fond du Théatre s'ouvre & laiſſe voir des Autels ſur lequel ſont des poignards.*

Tomber au pied de cet Autel,
Implorer ton pardon, deſarmer l'Eternel,
Qui ſur ta tête impie eût fait tomber ſa foudre,
Si fléchi par ma voix il n'eut daigné t'abſoudre ;
Par un heureux remords mérite ce pardon.
Aux autres Conjurés.
Vous, ſacrés deffenſeurs de la Religion,
Venez à cet autel, dans les mains de Dieu même,

Prêt

Prêt à lancer par vous la mort & l'anathème;
Venez renouveller vos fermens & vos vœux.

Ils approchent tous vers l'Autel.

TAVANNE.

Oui, ce faint appareil a deffillé mes yeux,
Un courage divin fuccede à ma foibleffe;
Oui, la Religion de mes fens eft maitreffe,
Ce cœur qu'elle affermit n'a plus rien de l'humain.

Il va prendre lui-même fur l'Autel un poignard.

Donnez, donnez un fer à mon avide main,....

HAMILTON *diftribuant les poignards.*

Baignez-vous dans le fang, c'eft là l'unique offrande,
Qui foit digne du Ciel, & que le Ciel demande,
Armez-vous de ces traits que Rome a confacrés,
Ils ne pourront porter que des coups affurés;
Baifez avec refpect ces glaives homicides, ...

BUSSI.

Regne notre Loi feule, & meurent les perfides !

NEVERS *fe met à genoux en pofant une de fes mains fur l'Autel, & de l'autre tenant fon poignard.*

Dieu qui nous connoiffez, nous jurons à genoux,
De vivre, de combattre, & de mourir pour vous:
De la Divinité la foudre eft le partage,
Tonnez, montrez-vous Dieu, déchirez cet ouvrage
Indigne de la main qui l'a daigné former,
De l'efprit des Martyrs venez nous animer,
Parmi fes faints vengeurs que la France nous nomme,
Et n'ayons de parens que les amis de Rome.

GONDI *mettant aussi sa main sur l'Autel.*

Partageant avec toi ces nobles sentimens,
Nous nous lions à Dieu par les mêmes sermens.

B U S S I.

C'est trop nous arrêter, amis, le tems s'écoule,
L'heure fuit.

D E S A D R E T S.

Courrons donc,

G O N D I.

Frappons

T A V A N N E.

Que le sang coule.

N E V E R S.

Enveloppons ces murs de la nuit du trépas,

T A V A N N E.

Epouvantons Paris par des assassinats,
Et que la France enfin avouant nos conquêtes,
Consacre ce grand jour par d'éternelles fêtes...: :

H A M I L T O N.

Votre Roi vous remet les biens de ces proscrits,
D'une sainte vengeance ils sont le nouveau prix;
Et celui qui du Ciel dispense (*b*) les largesses
Vous promet à son tour d'immortelles richesses,
Tresors que votre sang ne peut assez payer ;,

II

(*b*) *Les Indulgences & Agnus Dei.*

Il prend un Crucifix fur l'Autel & le leur montre.

Surtout, à ce fignal, fachez vous rallier ;
Des Prêtres d'Ifraël je fuivrai les exemples,
Le fang dût-il fouiller les marbres de nos Temples,
Nul azile à mes coups n'oppofera fes loix ;
Vous, allez.... qu'à la nuit témoin de vos exploits,
Jaloux de cet honneur, l'aftre du jour envie,
L'afpect du châtiment d'une Secte ennemie
Obéïffez.

SCENE IV.

HAMILTON, BEME.

HAMILTON un Crucifix d'une main, & un poignard de l'autre.

ET toi, digne ami d'Hamilton,
Au gré de mes tranfports fers mon ambition ;
Par ton exemple échauffe, aux meurtres, au carnage,
Ces organes groffiers où j'ai fouflé ma rage ;
Sur tant d'efprits divers admire mon pouvoir,
Et combien de refforts il m'a fallu mouvoir ;
Commençons par frapper de vulgaires victimes,
Sur un peuple effayons notre bras & nos crimes,
Et certains du fuccès revenons dans ces murs
Sur fon Chef orgueilleux porter des coups plus fûrs ;
Des noms les plus affreux que l'Univers me nomme,
Voila le feul chemin qui peut conduire à Rome.

Fin du Prémier Acte.

❋·❋❋❋❋❋❋❋❋❋❋❋❋❋❋❋❋❋❋·❋

ACTE SECOND.

SCENE I.

MARSILLAC, LAVARDIN.

MARSILLAC.

O Mon cher Lavardin, où courrir, où trouver
Ce Héros malheureux que nous devons fauver ?
N'arracherons-nous point à cette nuit de crimes,
La plus illuftre, ô Ciel, de toutes les victimes ;
Dans ce maffacre affreux envelopperois-tu
Celui qui des mortels a le plus de vertu ?

LAVARDIN.

Pour lui nous donnerions nos biens & notre vie,
Si d'avides bourreaux repaiffant la furie,
Raffafiant des cœurs affamés de forfaits,
Ils pouvoient de fes jours détourner tant de traits,
Oui, pour le fécourir, je fuis prêt à tout faire.

MARSILLAC.

Si Coligni périt nous n'avons plus de pere ;
Mais, t'és-tu pénétré de l'excès de nos maux,
As-tu bien contemplé ces horribles tableaux,
Qui montrent à quel point l'efprit humain s'égare,
Quand par Religion le cœur fe rend barbare ;
Tes yeux fur ta famille attachant tous tes foins
Du comble des revers n'ont point été témoins :
Il faut donc te tracer ces fanglantes images,
Cette nuit de terreurs, de meurtres, de ravages ;
Nos Autels renverfés, nos Temples démolis,
Sous leurs débris brulans nos toits enfevelis ;

Le

Le glaive étincelant, mille flambeaux funébres,
Par un jour plus affreux faifant fuir les ténèbres.
La vengeance & la mort volant de toutes parts,
Nos freres maffacrés aux pieds de ces ramparts,
En criant à ce Roi, qui loin de les entendre,
Tranquille, voit couler un fang qu'il fait répandre;
Peindrai-je à tes regards tout un peuple acharné,
S'abreuvant de ce fang que Rome a condamné;
L'appareil des tourmens que fa main nous apprête,
Le zèle à chaque inftant groffiffant la tempête,
D'innombrables foldats les flots féditieux,
Entrainant le tumulte & le crime après eux;
Gondi, Névers, Tavanne, & Defadrêts, & Bême,
Au carnage animés, pouffés par Guife même,
Egorgeant fans pitié, leurs amis, leurs Parens,
Au pied des faints Autels de leur foi vains garans;
Des meurtriers ardens, des troupes fugitives,
Des vieillards éperdus près des femmes craintives,
Des débris entaffés de morts & de mourans,
Sur les fils égorgés les peres expirans,
Dans les bras des époux les époufes tremblantes,
Les enfans dans le fein de leurs meres fanglantes,
Cherchant contre le glaive un azile affuré,
Y trouvant le trépas qui leur eft préparé;
Leurs temples profanés, la Seine enfanglantée,
A des crimes nouveaux la vengeance excitée,
Paris enfin théatre, où toutes les horreurs
De la Religion confacrent les fureurs.
Cependant Médicis pour frapper fes victimes,
Paroit du haut du Louvre appeller tous les crimes;
Miniftres de fa haine & dignes de fon choix,
Tous femblent accourir à fa terrible voix:
D'un coup d'œil elle arrête ou hâte la furie:
De ce peuple échauffé, plein de fa barbarie,
Des bourreaux fatigués ranime le courroux,
Et marque à chacun d'eux la place de fes coups;
Tout couvert de fon fang, de poudre, de bleffures,
Soubife en expirant a vengé fes injures,
Ce peuple avide encor, même après fon trépas,
Dans fon cœur palpitant lifoit fes attentats;

Qui

Qui le croiroit enfin ? ce fexe (c) né fenfible
Arrêtoit fes regards fur cet objet terrible ;
Prodige de vengeance, il vouloit à loifir
Raffafier fes fens d'un fi cruel plaifir.
Peut-il en goûter d'autre auprès d'une Maîtreffe,
Dont l'exemple inhumain a féduit fa foibleffe ;
Aveugle en fes tranfports, fans vice, fans vertu,
Ce Sexe par l'ufage eft toujours prévenu.
Ami, c'eft encor peu de ces excès horribles
Où fe livrent des cœurs par devoir inflexibles,
C'eft peu que ce Palais, la demeure des Rois,
Temple, où fouvent par eux le Ciel dicta fes loix,
Soit en proye aux fureurs des plus vils Fanatiques,
Que des traces de fang fouillant ces faints portiques,
L'azile des humains devienne leur tombeau,
Le Roi,... le Roi lui-même eft le prémier (d) bour-
reau......

L A V A R D I N,

Lui ! qui devroit plûtôt fe montrer notre pere,
O Ciel !

M A R S I L L A C.

Ami, le fils eft digne de la mere,
Comme elle, des Traités il fait garder la foi ;
Plus criminels encor que ce coupable Roi,
Ses lâches Favoris hautement applaudiffent
A tant de cruautés dont tout bas ils frémiffent ;
Et d'un Prince imbécille égarant les tranfports,
De cette ame incertaine écartent les remords.

L A V A R D I N,

Tel eft du Courtifan la baffeffe ordinaire,
L'ouvrage de fes Rois, en tout il les révère ;

Du

(c) *Les Dames de la Cour de Médicis, dignes de leur Maîtreffe, allerent voir le cadavre de* Soubife.

(d) C H A R L E S IX, *tira lui-même fur les Hugue-nots.*

Du nom de Dieu souvent honore un vil humain
Qui doit tout son éclat au nom de Souverain :
Du Trône où l'éleva le sort ou la victoire,
Dans la nuit de la tombe entraine-t-il sa gloire ?
Son culte est aboli, ses autels renversés,
De la servile main qui les avoit dressés.
Au Monarque nouveau consacrant d'autres Temples,
Ces Grands d'une autre Cour adoptant les exemples,
Brisent l'antique Idole, & foulent à leurs pieds,
Les Images du Dieu qui les avoit créés.

MARSILLAC.

Les Prêtres à nos yeux déroboient le nuage
Qui dans l'ombre du crime enfantoit cet orage :
Apprends, ô Lavardin, leur dernier attentat,
Le comble des horreurs, la honte de l'Etat :
Une croix à la main (e) ces monstres homicides,
Applaudissent aux uns, nomment lâches, timides,
Ces autres dont les bras sont indéterminés ;
On les entend crier ,,Frappez, exterminez,
,,Ce sont des Factieux, ce sont des Hérétiques,
,,Leurs zélés assassins montrez vous Catholiques ;
,,Voyez les Cieux ouverts, les peuples éternels,
,,Dieu, qui jette sur vous des regards paternels;
,,Il ne veut d'autre encens, d'autres vœux, d'autre
        hommage,
,,Que la destruction d'un peuple qui l'outrage.
    Ranimés à la voix de ces Prêtres menteurs,
Soudain les meurtriers reprennent leurs fureurs ;
Plus barbares qu'eux tous, ces indignes Ministres,
De tant de trahisons seuls conseillers sinistres,
Réveillent la vengeance en attisent le feu,
Et sous des traits cruels défigurant ce Dieu,
Voulant peindre à la fois tous les crimes ensemble,
Ils en forment, hélas ! un Dieu qui leur ressemble !
Ces Pasteurs qu'autrefois on vit si bienfaisans,
D'un malheureux Troupeau sont les loups dévorans.

C 5

Tirans

(e) *Les Prêtres & les Moines couroient dans les murs
de Paris exciter au carnage une vile populace.*

Tirans qui pour régner fur ce peuple idolatre,
Soufflez dans tous les cœurs un zèle opiniâtre,
En vain vous nous voulez impofer une loi,
Qui trahit les fermens, la nature, la foi,
Vos crimes, ni le fer ne fauroient nous convaincre,
Et c'eft par la vertu qu'on a droit de nous vaincre;
Que d'autres fentimens viennent vous animer,
Annoncez-nous un Dieu que nous puiffions aimer;
Qui d'un égal amour chériffe fes ouvrages,
Voye en tous fes enfans autant de fes images;
Et fi par un faux jour nos yeux font égarés,
Eft-ce en nous égorgeant que vous les ouvrirez?

L A V A R D I N.

Ah! notre loi fans doute eft la loi véritable,
Nous adorons un Dieu bienfaifant, équitable,
Eh! nous puniroit-il quand maitre de ce cœur,
Il éclaire fes pas, ou l'entraine à l'erreur:
Peut-il nous accabler du poids de fa vengeance,
S'il nous rend criminels, même avant la naiffance?
Non; ce Dieu plus clément veut tous nous rendre heu-
    reux,
On n'eft point dans l'erreur dès qu'on eft vertueux.

M A R S I L L A C.

Entends les hurlemens de ce monftre fauvage,
Dont la haine pour nous eft un droit d'héritage;
De ce peuple au carnage, échauffé par devoir
De fa Religion tel eft l'affreux pouvoir!
En vain de ce Dieu même atteftant la puiffance,
Il l'a rendu garant d'une vaine alliance;
Sur la foi des Traités, nos freres endormis,
Livrés par le fommeil aux glaives ennemis,
De fes bras vont paffer dans l'horreur des fupplices,
Et de leur fang profcrit fceller tant d'injuftices.
Hymen, dont les liens raffuroient notre fort,
Tes flambeaux font pour nous les torches de la mort:
Nuit! à tant de forfaits dérobe tes ténèbres,
Laiffe éclairer au jour ces vengeances célèbres.

Le

Le bruit redouble... Ami quitterons-nous ces lieux,
En doutant des deftins d'un vieillard malheureux;
Bien-tôt de ce palais on brifera les portes,
Bien-tôt Guife, Hamilton, fuivis de leurs cohortes,
Et du fang le plus pur teignant ces murs facrés,
Vont rompre tous les nœuds qu'eux-mêmes ils ont ferrés.
De la foudre qui gronde éloignons la menace,
D'un peuple de Tirans, allons braver l'audace;
Le fer que fur nos jours léve l'impieté
Tombera pour frapper ceux qui l'ont excité....
Où chercher Coligni dans ce defordre horrible?
Ciel! comme nos bourreaux feriez-vous infenfible?

SCENE II.

COLIGNI, MARSILLAC, LAVARDIN.

COLIGNI *dans l'enfoncement du Théatre, &
fans voir* MARSILLAC & LAVARDIN.

OU portai-je mes pas... où fuis-je... quel réveil?...
Quels cris fe font entendre au milieu du fommeil?...
Le trouble malgré moi de mon ame s'empare....

MARSILLAC *fans voir* COLIGNI.

Auroit-il fuccombé fous ce peuple barbare?

COLIGNI.

Marfillac! Lavardin! dans l'ombre de la nuit!

MARSILLAC *fans voir* COLIGNI.

Courrons... *Voyant Coligni*, fuyez, Seigneur, Médicis
nous trahit.

COLIGNI.

Que dites-vous......

MAR-

MARSILLAC.

Fuyez à des mains meurtrieres,
On rompt tous les fermens, on égorge nos freres.

COLIGNI.

O Ciel ! expliquez-vous.

MARSILLAC.

Nous fommes tous perdus,
Nos fortunes, nos jours aux Tirans font vendus ;
La mort étend fur nous fes effroyables ailes,
De la flamme en tous lieux femant les étincelles
La vengeance à grands cris appelle fes bourreaux,
Sous nos pas égarés s'entrouvrent nos tombeaux.
Tout perit fous le fer, fils, époux, mere, fille,
Et nous ne fommes plus qu'une trifte famille,
Qui ne voyant que vous en ce commun danger,
Ne fent que vos maux feuls & veut les foulager ;
Nous mourrons fatisfaits fi notre heureux courage
De vos jours menacés peut écarter l'orage,
Venez, venez, Seigneur, fuyez de ce palais,
Dérobez votre tête au comble des forfaits ;
D'un vulgaire groffier vous connoiffez le zéle,
Vous favez jufqu'où va fon ardeur criminelle ;
Quand de Rome & des Rois facrilege inftrument,
Il joint le Fanatifme à fon aveuglement :
Quand il penfe obéïr à ce Dieu qu'il outrage,
Je crains fa pieté plus encor que fa rage.

COLIGNI.

A peine je refpire... ô honte... ô trahifon....
Souffriras-tu, grand Dieu, qu'on fouille ainfi ton nom,
Amis... quoi !... Médicis... eft-elle fi coupable !...
De tant de lachetés fon cœur feroit capable ?
Medicis....

LAVARDIN.

Ah ! c'eft peu qu'on nous manque de foi,
Nous fommes immolés des mains mêmes du Roi !

COLI-

COLIGNI.

Qu'entens - je ?

MARSILLAC.

De ces lieux que la foudre environne
Puiſſions-nous vous ſauver... fuyez tout vous l'ordonne...
Vivez, vivez, Seigneur, & laiſſez nous périr....

¡COLIGNI.

Vous êtes donc les ſeuls qui ſachiez mourir.
Eſt-ce vous qui parlés ?... oſez-vous méconnoitre,
Celui que votre choix daigna nommer pour Maitre ;
Vous ?... m'ordonner de fuir ?.... à moi ? dans les
    combats ,
M'a-t-on vu reculer à l'aſpeɛt du trépas ?
Si quelquefois le fort (ſ) trompa mon eſpérance ,
Avez-vous dû jamais accuſer ma vaillance ?
Condé m'a-t-il offert des exemples pareils ?
Condé m'eut-il donné de ſemblables conſeils ?
Vous voulez que je vive, eh ! qu'eſt-ce que la vie
Quand elle eſt rachetée au prix de l'infamie ?
Vous craignez mon trépas , eh ! qu'eſt-ce que la mort ?
Je n'y vois que la fin d'un déplorable ſort.
Je n'ai qu'un jour à vivre , à ſecourir nos freres
Ainſi que ſoixante ans de travaux, de miſeres ,
Il eſt tout pour vous ſeuls, ce jour eſt votre bien ;
Mon honneur , mon devoir ſeront toujours le mien :
Oui, pour vous , ranimant une froide vieilleſſe
Mon zéle de mon bras raſſurant la foibleſſe ,
Vous me verriez courir dès ce même moment,
Vous deffendre, ou du moins mourir en vous ſervant ;
Mais dois-je de la Reine imitant le parjure,
Fouler comme elle aux pieds les loix & la nature ?
Je ſuis à notre peuple, ils ſont tous mes enfans ;
Mais, amis, avant tout je ſuis à nos ſermens.

MAR.

(ſ) COLIGNI fut aſſez l'égal du Prince d'Orange
pour le malheur , quoiqu'il fut comme lui habile Capitaine.

MARSILLAC.

Eh ! quels font ces fermens quand une indigne Reine,
Après l'avoir formée en a rompu la chaine?
A qui tenez vous donc votre parole ?

COLIGNI.

A moi.

De moi-même garant, je m'engageai ma foi,
Et Coligni toujours à la vertu fidèle,
Ne prend point pour exemple un coupable modèle ;
Je cours à Médicis........

MARSILLAC *l'arrêtant.*

Vous courrez à la mort.

COLIGNI.

Que je fauve ce peuple & je bénis mon fort.

LAVARDIN.

Et pour qui vivroit-il fi vous perdez la vie ?

COLIGNI.

Pour vous, en qui le Ciel lui laiffe fa patrie,
Dans vous je revivrai.... Marfillac, Lavardin,
Adieu, je vais remplir mes vœux & mon deftin ;
Moi-même à mes bourreaux je cours offrir ma tête,
Ou détourner les coups que leur main vous apprête.

MARSILLAC *voulant arrêter* COLIGNI *qui eft fur le point de fortir.*

Ah! Seigneur.... il m'échappe.....

SCE.

SCENE III.

COLIGNI, TELIGNI, MARSILLAC,
LAVARDIN, RENEL, PARDAILLAN,
QUERCHI, fuite de Proteftans, & tous
les armes à la main.

TELIGNI *l'Epée à la main, & s'oppofant*
au paffage de COLIGNI.

Où courrez-vous, Seigneur ?
Allez-vous d'un vil peuple affouvir la fureur....

MARSILLAC *à* LAVARDIN.

Ami, c'eft Teligni que le Ciel nous envoye !

TELIGNI *montrant fon Epée.*

Ces armes jufqu'à vous m'ont ouvert une voye...

COLIGNI.

Ah, cruel, dans quel fang, ce fer s'eft-il plongé ?

TELIGNI.

Je vis, & vous doutez fi vous êtes vangé ?

COLIGNI.

Que dis-tu ?

TELIGNI.

Que mon bras eût frappé Charles même
Sans refpecter en lui les droits du Diadême.....
Mais, que dis-je ces droits, l'ouvrage des vertus,
Les aurois-je outragés ? L'ingrat les a perdus ;

COLI.

COLIGNI.

Et vous êtes mon fils ?... Quel horrible langage !
Malheureux, où t'entraine un aveugle courage ?
Sont ce là les leçons que tu reçûs de moi ?
Charles est criminel, en est-il moins ton Roi ?
Est-ce à toi de punir cet Illustre coupable ?
Quoique souillé, son sang est toûjours respectable ;
Périssent les Sujets qui sur leurs Souverains
Portent sans s'étonner de sacrileges mains,
Laissons, laissons à Rome enseigner ces maximes,
Elle est accoutumée a de semblables (a) crimes.
Connoissez-mieux la loi de vos Concitoyens,
Soyons Hommes, mon fils, encore plus Crétiens ;
Plaignons ces malheureux, qui séduits par leurs Prêtres,
N'épargnent point en nous le sang de leurs Ancêtres,
Deffendons-nous des coups, mais ne les portons pas,
Les vrais Héros sont-ils Ministres du trépas ?
Je vais de médicis arrêter la furie,
Dans son cœur rappeller la nature bannie.....
Vous retenez mes pas ?

T E L I G N I *L'arrétant.*

                    Vous voulez donc moutir ?
Vous dédaignez la main qui vient vous sécourir ?
De quel nom désormais faut-il que je vous nomme ?
Quoi, pour être Héros doit on cesser d'être homme ?
Médicis, vous savez, redoute votre aspect,
Tout jusqu'à vos vertus lui paroîtra suspect,
Au fer des meurtriers vous vous livrez vous-même.....
Ecoutez par ma bouche un peuple qui vous aime,
Sur vos malheurs, vos yeux refusent de s'ouvrir ?
Quel funeste bandeau peut encor les couvrir ?
Loin de nous arrêter au joug qui nous opprime,
Vous entrainez nos pas sur les bords de l'abime,

                                                Si

(a) *Personne n'ignore l'autorité absolue, que les Pa-*
pes autrefois s'étoient donnés sur les Rois, on en a vu
des exemples mémorables, & surtout sous le regne de
HENRI IIL *&* de HENRI IV. *&c.*

Si le crime sur vous se consomme aujourd'hui,
Enfin, si vous mourez quel sera notre appui ?
Vos jours infortunés ne sont-ils pas les notres
Nous voyons vos dangers, en connoissons-nous d'autres?
Ah ! mon pere... ah, Seigneur... laissez-vous donc toucher?
Au coup qui vous attend laissez-vous arracher !
Vivez pour Teligni, vivez pour votre fille,
Pour tous ces citoyens qui sont votre famille,
Venez, suivez nos pas, que nous mettions vos jours
A l'abri du péril qui s'approche toujours;
Eh bien, puis-je obtenir la grace que j'espere,
Dans Coligni mes pleurs trouveront ils mon pere ?
A tes genoux sacrés vois tomber Teligni...
Parle, enfin, qui des deux l'emporte....

COLIGNI *le regardant d'un œil assuré & se retirant.*

Coligni.

MARSILLAC *voulant l'arrêter.*

Arrêtez!.. arrêtez!..

COLIGNI *d'un ton assuré*

Suis-je encor votre maitre ?

Marsillac & Teligni restent interdits

SCENE IV.

TELIGNI, MARSILLAC, LAVARDIN, RENEL, PARDAILLAN, QUERCHI, Suite de Protestants les Armes à la main.

TELIGNI.

Quelle est cette vertu que je ne puis connoitre...
Je le laisse échapper... Ce front majestueux

D   Enchai-

Enchaîne malgré moi mon bras respectueux.
Je ne puis lui fermer les chemins du supplice.
Tu veux donc, Dieu cruel, que Coligni périsse ?

P A R D A I L L A N.

Ah, seroit-il encor pour des cœurs innocens,
Quand tout semble embrasser le parti des Tirans ?

M A R S I L L A C.

Osez-vous l'accuser de tant de perfidie ?
Toûjours du châtiment l'injustice est suivie,
Et si ce Dieu vangeur diffère d'éclatter,
C'est pour mieux affermir les coups qu'il doit porter ;

T E L I G N I.

Ma valeur me soutient, si le Ciel m'abandonne,
L'appareil de la mort n'aura rien qui m'étonne :
Amis, par le remord le crime est abbattu,
Mais l'intrépidité suit toûjours la vertu.
Laissons à nos Tirans l'usage de la plainte,
Ces regrets si honteux enfantés par la crainte ;
Sachons de Medicis étonner la fureur ;
Peut-elle de notre ame abaisser la grandeur ?
En tombant sous ses coups, je veux qu'elle me craigne,
Que l'Univers m'admire, & non pas qu'il me plaigne.

R E N E L.

De ces nobles transports tu nous vois tous remplis ;

T E L I G N I.

Si Coligni périt, c'est fait de Medicis,
Du Roi même... leur sang peut seul laver ce crime.
Ma vengeance demande une grande victime,
N'importe, après ma mort que la postérité

Me

Me refuse l'honneur que j'aurai mérité,
Qu'aux yeux du monde entier je paroisse coupable,
Qu'il blame une action que je crois équitable,
Mon juge est mon devoir, lui seul peut prononcer
Un arrêt, que mon cœur reçoit sans balancer.

MARSILLAC.

Votre devoir ! Ô Ciel . . . . mais Coligni sans doute
De la nature encor saura s'ouvrir la route . .
Le glaive à son aspect tombera de leurs mains ;
La pitié rentrera dans ces cœurs inhumains ;
Le peuple . . . .

TELIGNI.

Ignorez-vous son lâche caractère,
L'espoir le fait parler, la crainte le fait taire,
Imbécile, volage & superstitieux ;
Né pour ramper toujours sous un joug odieux ;
Promt dans son amitié, mais plus promt dans sa haine,
Il suit avec transport le penchant qui l'entraine ;
Ennemi méprisable, ainsi que foible ami,
Vertueux sans honneur, ou coupable à demi,
Ces Lions rugissans élancés par leurs Prêtres
Ne reconnoissent plus que ces indignes maitres ;
Eh, peut-on s'opposer à de saintes fureurs ?
Coligni pense en vain adoucir nos malheurs,
Mais il ne revient point . . . l'horreur du bruit redouble . . .
Tout ne sert qu'à nourrir mes soupçons & mon trouble, . . .
Eclaircissons la nuit qui couvre notre sort,
Il nous reste un espoir ;

QUERCHI.

Eh, quel est-il ?

TELIGNI.

La mort.

Fin du Second Acte.

D 2 ACTE

✳✳✳✳✳✳✳✳✳✳✳✳✳✳✳✳✳✳✳✳✳✳✳

ACTE TROISIEME.

SCENE I.

COLIGNI, Gardes,

COLIGNI.

ON me retient captif.. On m'arréte, & j'ignore
Si ma fille & mon fils tous deux vivent encore,
Médicis veut jouïr de ses cruel succès,
De son appartement on m'interdit l'accès,
Sur mes tristes destins tous gardent le silence.
Ne puis-je rien savoir...

Un Garde.

Dans notre obéïssance
Sur leurs ordres craignant d'interroger nos Rois,
Aveuglement soumis, nous recevons leurs loix,
Nous les exécutons... La majesté suprême
Doit étre à nos regards l'image de Dieu même;
C'est au Maitre à frapper, au Sujet de mourir,
Il ordonne, à son gré nous savons obéïr,
Nous n'examinons point ses arrêts respectables.......?
Vous étes criminels, dès qu'il vous croit coupables.

COLIGNI.

A d'autres sentimens me serois-je attendu?
Tu parles en esclave à ses Tirans vendu,
Mais pense en homme libre, & dans de tels Monarques
Voi des plus vils humains les flétrissantes marques;

Dans

Dans ces Rois, voi plûtôy des monftres criminels
Que leur impunité rend encor plus cruels.
Tu dis que dans leurs traits Dieu fe fait reconnoître,
Eh, depuis quand ce Dieu fe montre-t-il un traitre ?
Non, c'eft par des vertus qu'ils en font les portraits ;
Ils n'ont d'autres Tréfors que les cœurs des Sujets :
Loin d'être un Affaffin, le vrai Roi n'eft qu'un pere,
Son Trône eft un Autel où chacun le révère ;
Et le peuple à fon tour par fes bienfaits foumis,
Au refpect du fujet, unit l'amour du fils ;
Artifans de la fraude & Miniftres des crimes,
Ouvrez les yeux, voyez quelles font vos victimes,
Quel fang étanche en vous cette foif des forfaits,
Lorfqu'au pied des Autels, dans ce même palais,
Au milieu de ces murs qu'ont bâtis nos Ancêtres,
A l'afpect de ce Dieu par la voix de vos Prêtres
Vous prononcez l'arrêt qui doit nous raffembler,
Traitres, c'eft pour nous perdre, & pour nous immoler.
  Quelle eft donc votre loi ? La fourbe, l'avarice,
Les infidélités, le meurtre, l'injuftice,
Par tous les attentâts vos temples profanés,
Ce font là les vertus, que vous nous enfeignez !
  Quels objets m'ont frappé ?.. Quelle effroyable ima-
     ge !..
O Rome, ô Médicis, eft-ce la votre ouvrage ?
Sont ce là vos traités, ces nœuds qu'à vos autels
Ayoit formés la main des peuples immortels ?
Rome jadis la Reine & la mere du Monde,
Rome aujourd'hui maratre, en tirans fi feconde,
Plus idolâtre encor qu'aux tems de fes faux Dieux,
Offre à leur Succeffeur un encens odieux ;
Et fous des noms facrés colorant fa vengeance,
Au rang de fes vertus n'a point mis la clémence.
C'en eft fait, Médicis à réfolu ma mort ,
Et je touche au moment qui va finir mon fort...
Ombres des grands Bourbons, (a) ô vous manes célèbres
Qui de la nuit des tems percerés les ténèbres,
Vous que la vertu feule affranchit à jamais,
De ce néant honteux qui n'eft dû qu'aux forfaits ,
Ne puis-je à votre exemple aux champs de la victoire

(a) *Il veut parler des* CONDEZ.

Arrofer de mon fang les palmes de la gloire,
Et de ce peuple ingrat me déclarant l'apui,
Quand il tranche mes jours, vivre & mourir pour lui?

Un garde à fes Compagnons.

Cette grandeur m'étonne, helas, un Catholique
N'a jamais reffenti ce courage héroïque,
L'erreur infpire-t-elle un pareil fentiment?
La loi qui les condamne eft dans l'aveuglement,
De tant de fermeté fi leurs cœurs font capables,
Eux feuls font innocens, & nous fommes coupables;

COLIGNI.

Pourquoi faut-il, ô Dieu, que l'acier des bourreaux,
En me frappant, ajoute à l'horreur de mes maux,
Eh, ne puis-je moi-même en m'arrachant la vie
Sauver un fang fi pur de cette ignominie,
Et te rendre ce bien que j'ai reçu de toi,
   *Il met la main fur la garde de fon épée comme pour s'en
     frapper.*
Sans attendre une mort trop indigne de moi.....
Ah, pardonne, grand Dieu, j'offenfe ta juftice,
Je laiffe à d'autres bras le foin de mon fupplice,
Eft-il à tes régards quelque trépas honteux,
Lorfque l'on a pu vivre, & mourir vertueux. *Il s'affied.*

SCENE II.

COLIGNI, Troupe de Conjurés armés de
Poignards.

*Ils confiderent Coligni qui les regarde
tous d'un œil fixe.*

I. CONJURE'.

Aux gardes. Aux autres Conjurés.

Sortez. Vous, c'eft ici qu'il faut que vos courages

Se

Se réuniffent tous, & vangent nos outrages,
Avançons. . . . . Qu'ai-je vu ? . . .

II. CONJURE'

Vous paroiffez furpris. . .
Mais quel trouble à mon tour accable mes efpris ? . .
Par quel charme inconnu mes forces s'affoibliffent !

III. CONJURE'.

Notre haine chancelle, & nos cœurs s'amolliffent,
Une invifible main s'oppofe à fon trépas ,
Vous vous taifez. . . Aucun ne raffure mon bras ! . . .

IV. CONJURE'.

Quand de mon propre fang (a) ce poignard fume en-
core. . . .
Je te défobéis, ô mon Dieu que j'implore,
Rends moi donc ma fureur. . . Tous mes fens malgré
moi . . .
Saifis d'étonnement, de refpeᴄt, & d'effroi. . . . .
Quelle timidité trompe notre furie !
Songeons à Médicis, à Rome, à la patrie ;
Citoyens & vengeurs du Ciel & de l'Etat
Eft-ce à nous de frémir pour cet affaffinat ?
Allons,
Il leve le bras pour frapper & refte immobile.

COLIGNI.

Frappe.

IV. CONJURE'.

A fa voix. . . ô retour inutile. . .
Quel eft donc ce mortel. . . Je demeure immobile. .

D 4 COLI.

(a) Antoine de Clermont Renel fut
maffacré par Bussi d'Amboife fon Coufin.

*C O L I G N I prenant son épée, & la jettant
à leurs pieds*

Craindriez-vous ce fer qui servit ma valeur,
Je le jette à vos pieds, percez, voilà mon cœur;

I. CONJURÉ

Ce n'est point un humain!

COLIGNI.

Là, vous devez ensemble
Epuiser les tourmens que le crime rassemble,
Les supplices, la mort, rien ne peut me troubler,
J'ai vécu pour mon Dieu, je mourrai sans trembler.

II. CONJURÉ.

Eh quoi, ces novateurs comme nous sont des hommes,
Devons nous les punir aveugles que nous sommes!
Ah, je commence à croire, & je n'en doute plus
Que la nature seule est mere des vertus;

III. CONJURÉ

Tu blasphêmes.. O Ciel... Expions cette crainte,
-Ranimons contre lui notre vengeance éteinte,
Détournons nos regards, qu'il meure de ma main,...
*Il va pour frapper Coligni en détournant
les yeux & laisse tomber le fer*
Quel Dieu vient m'arracher le poignard assassin!..,

COLIGNI.

Faites votre devoir.... que vois-je, la nature
Dans vos cœurs incertains balance le parjure,
Ne craignez-vous encor... je n'ai d'autre soutien
Que cette fermeté l'appui d'un vrai Chrétien;
Rome vous apprend t-elle à devenir sensibles,
Vous devez l'imiter.. montrez-vous inflexibles..

Médi-

Médicis vous l'ordonne, obéïſſez, frappez,
Que de mon ſang glacé ces marbres ſoient trempés,
Heureux, ſi j'avois pu mourir pour ma Patrie,
Conſacrer à mon Roi les reſtes de ma vie,
Verſer encor pour vous quelques gouttes de ſang
Que l'âge & les combats ont laiſſé dans mon flanc,...

I. CONJURE'

Ne pourrai-je garder mon couroux & ma haine?..
Châque mot, eſt pour nous une nouvelle chaine,..
En vain à le haïr, Ciel tu yeux m'animer...
Non, mon cœur te trahit... & ne peut que l'aimer;

COLIGNI,

Hâtez-vous donc.. levez.. levez vos mains parjures
Approchez,.. qui de vous r'ouvrira ces bleſſures,...
Il découvre ſon Eſtomach.
Ces coups, que j'ai reçûs en deffendant le fort
De ces mêmes ingrats qui demandent ma mort;
Qui de vous oſera combler leur injuſtice,
A Médicis, à Rome offrir ce ſacrifice.
Ce bras dans les périls ſauva vos Citoyens,
J'ai conſervé leurs jours, ils attentent aux miens..
Pour vous, plus d'une fois j'ai prodigué ma vie,
Le Ciel veut que par vous elle me ſoit ravie,
Je n'en murmure point... je bénis mes deſtins...
Vous fûtes mes enfans... ſoyez mes aſſaſſins..
Que d'un ſ tendre amour ma mort ſoit le ſalaire..
Embraſſez-moi mes fils, ſouvenez-vous d'un pere
Qui juſques au tombeau vous ſoutint... vous chérit...
Qui vous pardonne encor les coups dont il périt....
Vous ſemblez reculer... quand la victime eſt prête...
Quand vos bras ſont levés.. parlez. qui les arrête....

I. CONJURE'

Ta vertu,

II. CONJURE' *en tombant à ſes pieds,*

Nous cédons, tu l'emportes,

D ſ   III

IIL CONJURÉ.

Nos cœurs
Vers toi font entraînés par des charmes vainqueurs,..
L'un se jette à ses pieds, l'autre laisse tomber
ses armes, celui-ci reste immobile, celui-là
semble éviter ses regards, & verser des pleurs,
ensuite ils tombent tous à ses genoux

COLIGNI *les embrassant.*

Attendrez-vous que Guise immolant sa victime,
Goûte l'affreux plaisir de consommer son crime,
J'aime mieux de vos mains recevoir le trépas..
J'implore ce bienfait... ne l'obtiendrai-je pas..
Par ces retardemens vous hâtez ma ruine,
En voulant m'épargner votre main m'assassine,
En ce moment aucun ne veut être mon fils...
Aucun n'ose frapper... Tous sont mes ennemis...

I. CONJURÉ.

Laisse nous t'adorer ô vieillard vénérable..

COLIGNI.

N'adorez que ce Dieu, lui seul est respectable.;
Qu'avez-vous résolu,

IL CONJURÉ.

De t'admirer toûjours;

IIL CONJURÉ.

De chérir tes vertus;

IV. CONJURÉ.

De conserver tes jours....
Il se releve & court vers l'enfoncement
du Théatre.
Vis, pour nous pardonner, pour être notre pere..
Viens, viens... qu'à tes tirans nous puissions te sous-
traire.

SCE-

SCENE III.

COLIGNI, HAMILTON, TAVAN-
NE, BUSSI, BEME, NEVERS,
GONDI, DESADRETS, 1. Troupe
de Conjurés, 2. Troupe de Conjurés armés
auſſi de Poignards, & tenant tous des flambeaux à la main.

HAMILTON *Un crucifix d'une main, &
un Poignard de l'autre, & arrêtant le IV.
Conjurés.*

IL n'échappera point à leur juſte fureur.

I. CONJURE',

O Ciel!

II. CONJURE',

Quel coup de foudre!

HAMILTON.

Ainſi, d'un Dieu vengeur,
Lâches, vous trahiſſez les volontés ſuprêmes;
Inviſible à vos yeux, j'entendois vos blaſphêmes.
Vous méconnoiſſez Dieu, Dieu ne vous connoit plus,
Allez, diſparoiſſez du nombre des élus;
De l'ange du trépas les armes menaçantes,
Vous livrent pour jamais aux flâmmes dévorantes
Méprifables mortels, vous n'avez ſu ſervir,
Vous n'avez ſu frapper, apprenez à mourir;

III. CONJURE'.

Eh bien nous périrons,.... eh, quelle loi ſi dure
Peut s'oppofer aux loix que dicte la nature,

Quel

Quel eſt ce Dieu cruel qui peut nous ordonner
De coupables fureurs qu'il devroit condamner ?
C'eſt vous ſeuls inhumains, qui commandez ces crimes,
Voila, voila les Dieux dont on ſuit les maximes.

T A V A N N E,

Je demeure interdit !

B U S S I.

Citoyens odieux
Quoi, ne craignez-vous point la colere des Cieux ?

H A M I L T O N *aux ſeconds Conjurés qui s'emparent des prémiers.*

Des enfans de Calvin, que ces lâches complices
Reçoivent leur ſalaire au milieu des ſupplices.

C O L I G N I *ſe levant, à Hamilton.*

Arrête. . . . ſur moi ſeul épuiſe ton courroux,
Mes deſtins ſont remplis, j'ai mérité tes coups,
Mais épargne des jours qui te ſent néceſſaires ;
Le ſang qu'on va répandre eſt celui de tes freres ;
La nature en ton cœur reclame encor ſes droits,
Ne ſois point Catholique, & ſois homme une fois ;

H A M I L T O N.

Qu'on les entraines, allez.

I. C O N J U R E' *à Coligni.*

Sur nous jettez la vuë ;

C O L I G N I *aux prémiers Conjurés.*

Oſeriez-vous m'aimer quand c'eſt moi qui vous tuë.

à

A Hamilton.

Enfin vous triomphez, je cede, & leur malheur,
Jufqu'à vous fupplier peut abbaiffer mon cœur;
Je vois tout du même œil, mon bonheur, ma difgrace;
C'eft de vos Citoyens dont j'implore la grace,
Songez que Coligni l'attend à vos genoux,
Pour la prémiere fois j'ai fléchi devant vous;

HAMILTON *fais regarder Coligni aux Conjurés qui emmenent les prémiers.*

Sortez, que par leur mort expiant leurs offenfes,
Ils faffent redouter les divines vengeances.

COLIGNI *reprenant fa place, & s'adreffant aux I. Conjurés.*

Allez, fouvenez-vous que vous êtes Chrétiens.

I. CONJURE' *en fe retirant.*

Ciel, termine nos jours, mais conferve les fiens.

SCENE IV.

COLIGNI, HAMILTON, TAVANNE, BUSSI, BEME, NEVERS, GONDI, DESADRETS, Suite des feconds Conjurés.

HAMILTON.

Enfin voici le jour à nos vœux fi propice,
Où ton fang va du Ciel appaifer la juftice,
Satisfais à ce Dieu dont la voix t'a profcrit,
C'eft lui qui par nos mains t'accable & te punit,

C'eft

C'est lui qui de l'erreur confond la vaine audace,
Tremble, ce Dieu jaloux ne fait point faire grace.

COLIGNI

Si je l'offense, helas, il peut me détourner,
De l'abime ou fa main fe plait à m'entrainer.
Voudroit-il me tromper, me conduit-il au crime
Afin d'avoir le droit de frapper fa victime?
Arbitre de ce cœur qu'il devoit enfeigner,
Ne l'auroit-il créé que pour le condamner?
Et feriez-vous les feuls que le Ciel ait fait naitre
Pour être aimés d'un Dieu qu'un autre eût pu connoî-
    tre?
Non, cet aveugle choix ne convient qu'aux mortels,
Il difpenfe à chacun fes bienfaits éternels;
Il fait plus, il pardonne, & ce Dieu moins févére,
A pour tous fes enfans des entrailles de pere,
Il voit tous les humains avec les mêmes yeux,
Et ce n'eft point l'erreur qui les rend odieux;
J'adore en expirant les coups dont il me frappe,
Mais le crime jamais à fes regards n'échappe;
Il lit au fond des cœurs, un coup d'œil lui fuffit
Pour percer les horreurs de cette épaiffe nuit:
Il voit tout d'un coup d'œil, fon flambeau redoutable
Eclaire des forfaits l'abime impénétrable,
Et répandant fur eux les traits de fa clarté
Fait d'un nouvel éclat briller la vérité;
Mais parle, des efprits qui t'a nommé le maitre?
Qui t'ordonne en ce jour d'être un parjure, un traitre?

HAMILTON.

Ma loi,.... mais eft-ce à moi de me juftifier,
Victime qu'à l'autel je vais facrifier,
Penfes tu m'échapper? Quel fera ton refuge?
Eft-ce au coupable enfin d'interroger fon Juge,
Meurs, voila ma réponfe..... oppofer vos refus!
Tandis que Coligni parle Hamilton veut engager chaque
Conjuré à le tuer, & tous femblent le refufer.
L'honneur de l'immoler ne vous touche donc plus...
                             COLI

COLIGNI.

D'un Juge tel que toi l'arrêt est la replique,
A des preuves ainsi répond un Catholique,
La vengeance toûjours accompagna l'erreur,
Et la loi véritable enseigne la douceur.
Rome d'un Dieu de paix annonce les maximes,
Rome d'un Dieu de sang nous étales les crimes,
De ses faux Dieux, helas, il a les attributs,
Et le Dieu des Chrétiens est le Dieu des vertus;
Je ne reconnois point à ses marques profanes.

Hamilton continuë toûjours à presser les Conjurés à tuer
Coligni.

Ces Prêtres qui du Ciel se disent les organes :
Eh quoi, n'êtes vous plus que de vils assassins
Qui sous un nom sacré détruisés les humains?
Ministres des Autels, est-ce à vous de répandre
Le sang des malheureux que vous devez défendre?
Et sommes-nous encor dans ces tems odieux
Où cet encens s'offroit à de barbares Dieux?
Ta loi ta commandé de massacrer tes freres,
La notre nous donna des sentimens contraires ;
Ce qui nous promettoit des jours moins orageux,
Tout couvre nos destins de nuages affreux;
Nous t'avons relevé, tu veux notre ruine,
Nos bras t'ont deffendu, le tien nous assassine;
J'ai fait ce que l'honneur sembloit me commander,
Rome a trahi sa foi quand j'ai dû la garder,
Mais notre loi l'emporte encor sur l'honneur même,
Nos Heros sont Chrétiens; elle veut que je t'aime,
Et que baisant la main qui me perce le cœur
Je t'embrasse aujourd'hui comme mon bienfaiteur...

HAMILTON, *comme Coligni se leve pour l'em-*
brasser, recule, paroit étonné & baise le crucifix.

Mon Dieu... ne permets pas que cette ame inflexible...
Pour un vil reprouvé se déclare sensible,
    Il léve le crucifix, & le montre aux Conjurés.
Amis, de votre maître entendez-vous la voix?
De ce chef immortel reconnoissez les loix,
C'est lui qui dans ce jour s'explique par ma bouche,
Abaissez

Abaissez sous vos coups cette grandeur farouche;
Que son trépas apprenne aux siecles à venir
Que s'il outragea Rome, elle a su le punir....
Aux Conjurés.
Quoi.. vous tardez encor à frapper un coupable?

TAVANNE.

Non, de tant de vertu je ne suis point capable..
Ce silence.. ces yeux.. cette tranquilité..
Ce front où la douceur regne avec la fierté...
Ces cheveux blancs... les traits d'une auguste vieil-
lesse ...
Tout s'arme contre nous... pour lui tout s'interesse....
Ne pouvons-nous du moins épargner ce vieillard?..

HAMILTON *à Bussi.*

Toi, sois plus courageux, Dieu conduit ton poignard.

COLIGNI.

Ah, laisse là ce Dieu, ton vrai juge & le notre,
Dis plûtôt ta fureur, tu n'en connois point d'autre;

HAMILTON *à Bussi.*

Dans ton cœur quelle voix fait taire le devoir?

BUSSI.

Les remords, & je cede à son juste pouvoir...
Si Médicis & Rome ordonnent qu'il périsse,
Qu'ils chargent d'autres bras du soin du sacrifice,

HAMILTON.

A l'aspect d'un vieillard lâches vous reculez,
Quand d'indignes parens sont par vous immolés?..
Malheureux, qui n'osez vous montrer Catholiques;
Aux autres Conjurés.

De

Le Ciel vous met au rang de ces vils hérétiques,
Fuyez loin de ses yeux, la foudre va partir,
Il vous recompensoit, il saura vous punir.

A Beme.

A ses ordres divins comme eux es-tu rebelle,
Mérite seul ses dons,... sois seul Chrétien fidelle;

En montrant Coligni.

Qu'il meure;

TAVANNE.

Je fremis... Ciel, tu tonnes envain;
Je ne puis soutenir ce spectacle inhumain.

HAMILTON *à Beme qui s'approche en trem-*
blant pour poignader Coligni qui lui montre
son estomach.

Tu trembles?

BEME.

Rassurez ma fermeté craintive:

COLIGNI *prêt d'être tué par Beme.*

Dieu, dans ton sein reçois mon ame fugitive.

HAMILTON.

Méprisable ennemi qu'il a dû condamner
Que peux tu contre nous encor?..

COLIGNI.

Te pardonner;

Beme détourne les yeux, frappe Coligni, & tous
les Conjurés saisis d'horreur, fuyent ce spectacle
affreux, Hamilton seul le regarde avec joye.

E   SCE-

S C E N E V.

COLIGNI, HAMILTON, BEME.

HAMILTON *aux Conjurés qui fuyent.*

Lâches, où courez-vous ! . . .

BEME *à Hamilton après avoir donné un coup à Coligni*

La vengeance est servie,
Il ne te reste plus qu'à m'arracher la vie !
Monstre d'impieté, tu me fait trop d'horreur ; . .
J'emporte mes bourreaux dans le fond de mon cœur.
Il jette son poignard aux pieds d'Hamilton & sort avec précipitation.

S C E N E VI.

HAMILTON COLIGNI.

HAMITON.

Va, servile instrument, qui se refuse aux crimes,
Je saurai te briser, te joindre à mes victimes,
Ta mort m'assurera d'un secret éternel,
Considérant Coligni expirant.
Auroit-il dans son sein porté le coup mortel ? . .
Mon perfide ennemi pourroit revivre encore. . . .
Il donne un coup de Poignard à Coligni.

Repor-

Reportons le trépas dans ce cœur que j'abhorre ;...

Il le regarde encore.

Il n'est plus, & je vis, fur ce prémier dégré,
Mon pouvoir chancellant est enfin assuré ;

SCENE VII.

COLIGNI, TELIGNI, PARDAIL-LAN, suite de Protestans les armes à la main.

TELIGNI *blessé porté par des soldats, & dans l'enfoncement du Théatre, & s'appuyant sur Pardaillan.*

SOutiens mes pas tremblans... qu'aux genoux de mon
        pere,
J'attende que le Ciel épuise sa colère,
  Il approche, & croit que Coligni est échappé aux assassins
Il vit, je suis heureux... ah Barbares... quel sang ?.
    Il apperçoit la terre inondée de Sang.
Avançons.... c'est le sien qui coule de son flanc.
O crime... ô désespoir... ô monstre que j'abhorre...
Aide-moi.. Pardaillan.. que je l'embrasse encore,
Mon pere ne vit plus...
  Il embrasse Coligni qui semble ne plus respirer.

PARDAILLAN.

      Ah mon maitre... ah cruels..
Seigneur.. éloignons-nous de ces lieux criminels,
Venez....
    Coligni jette un soupir.

TELIGNI.

Qu'ai-je entendu.... Dieu, seroit-il possible ?

Vain

Vain espoir qui rendez ma douleur plus sensible?
Il semble respirer.... & ses yeux entr'ouverts...
Des ombres de la mort cessent d'être couverts...
Mon pere... Coligni...

COLIGNI *paroit sortir d'un profond assoupis-sement.*

Quelle voix me réveille?...

TELIGNI.

Pardaillan.. dois-je en croire une heureuse merveille...
Il vivroit?....

COLIGNI.

Qui m'appelle?.. & quels objets confus
S'envolent tout à coup de mes sens éperdus!....
De mes yeux presque éteints la débile paupiere
Une seconde fois se r'ouvre à la lumiere.
Coligni croit que ce sont encor ses assassins
Barbares... craignez-vous que le fer assassin
Ait mal servi le bras qui m'a percé le sein..
Et n'est-ce pas assez que Coligni périsse..
Rome a-t-elle inventé quelque nouveau supplice?...

TELIGNI.

Que dites-vous, mon pere...

COLIGNI *reconnoissant son gendre.*

O mon cher Teligni...
Mon fils, tu viens fermer les yeux de Coligni,
Je goute le bonheur que le Ciel me renvoye
Pour la derniere fois il veut que je te voye,
Je meurs... mais tu vivras...

TELI.

TELIGNI.

Non... j'expire avec vous...,
Seigneur, un fils mourant embrasse vos genoux;

COLIGNI *appercevant la blessure de Teligni.*

Où suis-je... ah malheureux.... ah traitres... quand
    j'expire...
Lorsque j'arrive, helas, au seul terme où j'aspire,
Quand je reviens au jour par un dernier effort
C'est pour sentir les coups d'une nouvelle mort....

TELIGNI.

Votre fille vivra... leurs parricides armes
Seigneur, ont respecté ses vertus, & ses charmes;.,

COLIGNI.

Mon fils... mon Dieu... je meurs.
  Coligni expire.

TELIGNI *à Pardaillan.*

           Ote-moi de ces lieux,
Dérobe à mes regards ces objets odieux..
Pour toi.. si le destin permet à ton courage
D'effacer, de punir un trop sensible outrage
Vis, mais pour te vanger, nous, ton honneur, ta loi,
Un soupir qui t'échape est un crime pour toi.
  Il lui donne ce qui sert d'appareil à la playe.
Prends ce voile sanglant, le seul bien qui me reste,
Va, porte à mon épouse un présent si funeste,
D'un malheureux amour c'est le gage nouveau,
Qu'à nos braves amis il serve de drapeau,
Ils y liront l'arrêt qu'a dicté la vengeance,
Leur devoir est écrit à côté de l'offense.

                        Ce

Ce fang dans les combats ranimant leur valeur,
D'un peuple audacieux confondra la fureur,
Vous le verrez pâlir à l'aspect d'une image
Qui lui retracera fon crime & vôtre outrage,
Le Ciel qui contre nous s'eft montré leur foutien
Dans leur fang criminel effacera le mien,
Il remet à vos bras le foin de la répandre,
Voila votre rempart, ... fongez à le deffendre,
Par tout fervant de guide à vos fameux exploits,
Mon ombre à fes vengeurs impofera des loix,
Par tout je vous fuivrai ... mes cendres rallumées
Feront voler leurs feux au fein de vos armées;
Toûjours fortant vainqueur de la nuit du trépas
Vous me verrez toûjours l'ame de vos combats,
Et de Rome ébranlée avançant la ruïne
Lui rendre tous les coups dont elle m'affaffine;

Un Proteftant.

Que nos derniers amis, que nos derniers enfans
Soient dignes heritiers de vos reffentimens;
Qu'ils jurent tous à Rome une haine immortelle,
Ce font là tous les vœux que nous formons pour elle.

PARDAILLAN.

Il fuccombe à fes maux, amis, s'il en eft tems,
Sauvons-le, ménageons ces précieux inftans,
Mais fi le Ciel jaloux des vertus d'un grand Homme,
En terminant fes jours combât encor pour Rome,
Raffurons-nous.... ce fang doit vous encourager,
Rome ôfa le verfer.... vous.... ofez le venger;

F I N.

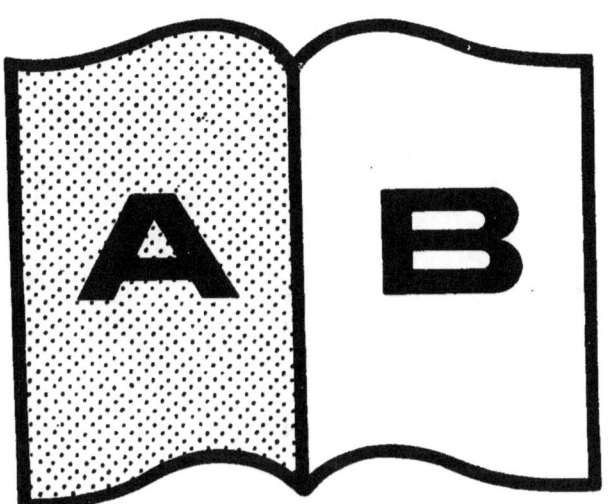

Contraste insuffisant

NF Z 43-120-14